안녕을 위하여

일러두기

1. 책명·시집명은《 》로, 단편·시·잡지·신문·영화명은 홑꺾쇠〈 〉로 묶었다.
2. 직접·간접인용 문구는 겹따옴표 " "로, 혼잣말, 강조 문구는 홑따옴표 ' '로 표기했다.
3. 인명과 지명은 외래어 표기법을 따랐고 관용적으로 쓰이는 이름은 그대로 표기했다.
4. 영화명 다음에 쓰인 개봉 연도는 최초 개봉 연도 기준(국내 개봉 연도 아님).
5. 도서명 원제 다음에 쓰인 연도는 원작의 출간 연도이고 국내 발간일과는 차이가 있음.

안 녕 을 위 하 여

나의 안녕, 너의 안녕, 우리의 안녕을 위한 영화와 책 읽기

이승연 지음

초록비책공방

프롤로그

　2년 전 이맘때가 생각납니다. 오랜만에 새로 출간된 책을 들고 독자들을 만날 준비에 한창 들떠 있었지요. 저의 기대는 출간 후 한 달도 채 되지 않아 물거품으로 사라졌습니다. 예상치 못했던 바이러스의 습격을 저라고 피해갈 수는 없었습니다. 계획된 모든 일정을 접으며 이것이 그 책의 운명이라는 것을 받아들이기까지 아픔의 시간이 있었습니다.

　그러나 내내 절망만 하고 있을 수는 없었습니다. 언제 끝날지 알 수 없는 곤고한 나날에도 저는 제가 해야 하고 할 수 있는 일이 있다고 믿었습니다. 그건 역시 영화를 소개하는 일이었습니다. 저는 SNS를 통해 본격적으로 영화 이야기를 해보기로 했지요. 사실 처음에는 단순한 목적이었습니다. 언컨택트uncontact가 방역의 기본이 되고 재택근무가 일상화되면서 사람들의 관심은 시간을 어떻게 보낼까에 집중된 것 같았고,.

자발적이고 능동적으로 얻은 여유가 아니었기에 금세 무기력을 느끼는 것으로 보였습니다. 그럴 때 영화만큼 좋은 게 또 있을까요. 코로나19 초기에는 누구도 이것이 팬데믹으로 이어지리라 예측하지 못했고, 잠시만 참으면 금세 일상으로 돌아갈 것이라 여겼기에 저는 이 일을 부담 없이 즐겼습니다.

그러나 상황은 예상과 정반대로 흘러갔습니다. 질병이 확산되고 불확실성이 증폭할수록 사람들은 빠르게 지쳐갔습니다. 그리고 육체body의 건강 못지않게 마음mind과 영혼spirit을 돌봐야 하는 시점에 닿았습니다. 불안, 공포, 슬픔, 후회, 상실, 우울, 원망, 분노, 혐오 등의 온갖 부정적 감정이 무시로 우리를 집어삼키고 있었으니까요. 그즈음이 되니 저의 고민도 새롭게 변모했습니다. 영화가 오락이 아닌 하나의 이정표로 기능해야 했습니다. 위로가 필요한 사람에게는 온기를, 사유를 원하는 사람에게는 질문을, 재미가 절실한 사람에게는 웃음을, 일침을 요하는 사람에게는 죽비를 건네기 위해 저는 사람들을 유심히 관찰하면서 영화가 적재적소에서 소통의 도구가 되도록 애썼습니다.

영화가 이 모두를 해줄 수 있는 매체임에는 의심의 여지가 없습니다. 지난날 고통에 허덕이던 저를 구원해준 것이 바로 영화였다는 사실을 전작《살고 싶어 몽테뉴를 또 읽었습니다》에서 언급한 적이 있지요. 영화는 메마른 감정에 단비를 내리고 완고한 이성을 보편적 가치 위에 안착시켜주었습니다. 제 개인만의 경험은 아닐 것입니다. 아마 다들 한 번쯤은 겪어봤을 거예요. 영화를 통해 울고 웃고 나아가 인간과 세상을 공부할 수 있게 해준 경험을요. 이것이 통상 종합예술이라 불리는 영화를 제가 특별히 '인문학'이라고 주장하는 이유입니다. 지난 2년여 동안 영화를 소개하는 일이 제 직업이라는 사실에 더없이 행복했습니다. 온기와 질문과 웃음과 죽비가 맞춤으로 전달됐는지는 알 수 없지만, 그간 제가 추천하는 영화를 본 많은 분의 애정과 신뢰에 조금이나마 보답한 것 같아 뿌듯했습니다.

그리고 그간의 작업을 이어가는 동시에 확장한 것이 이번 책입니다. 확장이라고 한 이유는 좀 더 깊고 넓게 영화를 볼 수 있도록 책과 영화를 접목했기 때문입니다. 제 방식대로 영화를 이해하고 그 이해를 돕는 책을 골랐습니다. 이 영화는 이 책과 함께 보면 좋아요, 하는 마음으로요.

이 책에서 소개하는 영화와 책은 제 일방적이고도 특정한 시선의 투영일 것입니다. 맞습니다. 하지만 저와 다른 시선을 가졌다 하더라도 차이가 크면 오히려 배움이 커지는 법이니, 여러분이 '다름'을 많이 접한다면 저에게도 또 다른 공부가 될 것입니다.

영화에 대한 해석은 다양하더라도 제가 이 책을 통해 우리가 차이 없이 하나이길 바라는 것이 있습니다. 지금까지의 고통을 그저 고통으로 두지 말자는 다짐. 전염병의 극복 이후에도 이름만 다른 고통이 또 언제 우리를 강타할지 모릅니다. 계절의 변화가 반가우면서도 두려운 것은 세계 곳곳에서 벌어지는 기상재해로부터 예외인 곳이 없음을 잘 알기 때문이지요.

우리가 바뀌지 않으면 해결은 요원합니다. 세상을 바라보던 기존의 문법을 부수고, 멈췄던 사유를 다시금 깨우고, 새로운 관점으로 해법을 모색해야 합니다. 역사의 진보를 위해서가 아니라 인류의 생존을 위한 일입니다. 목전의 힘듦을 서로 이해하고 보듬는 일에서부터 생태적 삶으로의 전환을 위한 전면적 개혁까지 절실하게 모든 것을 다시 시작하는 출발점에 세워야 합니다. 출발점이란 지난 시간을 되돌아보는 지점입니다. 고통의 의미를 제대로 성찰하고 깨닫지 못하면 한 발짝 내딛기는커녕 뒤로 두 발 물러나기 십상이니까요.

그리하여 책 제목을 《안녕을 위하여》로 하였습니다. 안녕은 여러 의미가 있습니다. 작별과 평안. 지난날의 고통 그리고 그 고통을 야기했던 모습과 작별하고, 내일의 평안을 도모할 때입니다. 안녕peace을 위해 안녕good-bye이 필요합니다. 부디 이 책의 제목대로 너와 나, 우리의 모든 안녕을 위한 책이 되기를 소망합니다. 아울러 여러분과 제가 다시 얼굴 마주보며 반갑게 안녕hello, 인사 나누게 되기를 소원합니다.

　이른 갱년기와 면역 저하로 힘든 시간 속에서 정성 어린 보살핌으로 저를 목적지에 닿게 해주신 윤주용 초록비책공방 대표님, 반쯤 포기한 살림을 대신 챙기며 원고에 몰두할 수 있게 도와준 남편, 어설픈 엄마를 늘 자랑스러워하는 아들과 딸에게 표현할 수 없는 깊은 사랑을 전합니다. 무엇보다 저와 함께 영화 이야기를 나누며 지난했던 시간을 찬란하게 수놓아주신 많은 분께 머리 숙여 진심으로 감사의 말씀을 드립니다.

2022년 계절과 계절 사이에서

이승연

4부

사람 때문에 주저앉고 사람 덕분에 일어나

다시, 사랑을 키우다

1부

상실과

절망에

빠진 당신에게

준비하지 못한
이별을 위로하다

우리를 가장 힘들게 하는 일 중 첫째는
사랑하는 사람의 죽음일 것입니다.
전염병의 확산을 막는다고 제대로 임종을 지키지도,
장례를 치르지도 못한 가족들 그리고 친구들.
아무런 준비 없이 닥친 어이없는 죽음 앞에서 남겨진 자들의
황망한 마음을 표현할 길은 전무합니다.
남녀노소를 막론하고 이 바이러스를 만나고서야
알게 된 사실이 하나 더 있습니다.
죽음의 주체가 언제든 나일 수 있으며
죽음은 생각보다 가까이 있다는 것입니다.

기억 속에서 아직 함께하고 있습니다

by 〈프란츠〉&《살아남은 자의 아픔》

팬데믹이 공식 선언되고 사망자가 급증하면서 사람들은 공포에 휩싸이기 시작했습니다. 저에게도 변화가 생겼습니다. 실내 공간에 들어서거나 사람들이 군집해 있는 곳에 가면 호흡 곤란으로 숨을 쉬기가 힘들어진 것인데요. 사회적 거리두기와 외출 자제가 강제되기도 했지만, 집 밖을 나서는 일이 두려워졌습니다. 언제 또 그런 증상이 찾아올지 몰라서요.

갑갑함이 극에 달하던 어느 날 문득 한 가지 의문이 생겼습니다. 제2차 세계대전이 한창일 때 유대인들은 어떻게 버텨냈을까? 수용소에 갇히거나 또는 수용소가 아니더라도 지옥이 있다면 그들이 있는 그곳이 바로 지옥이었을 텐데 그들은 무슨 수로 그 시간을 견뎌냈는지, 무엇이 그들을 생존케 했는지

궁금했습니다.

　살고자 하는 본능? 가장 먼저 떠오른 답이었지만, 자기 파괴 욕구이자 죽음의 본능인 타나토스 역시 인간에게 내재한다는 걸 감안한다면 생존 본능만으로는 충분한 답이 될 수 없습니다. 인간의 생존 본능을 육체와 정신의 극한 고통조차 능가하는 것이라고 말할 수는 없으니까요.

> 너무 지치고 지쳐서 쓰러져 버린 친구여
>
> 너무 슬프고 슬퍼서 쓰러져버린 친구여
>
> 더 이상 이름도 없고
>
> 더 이상 감정도 없고
>
> 더 이상 슬픔도 분노도 없는 인간으로 변했구나
>
> – 〈부나 수용소〉 중에서

　프리모 레비의 표현대로 "이름도 감정도 슬픔도 분노도 없는" 그때의 그들은 정상적인 이성과 감성을 가졌다고 보기 어려울 만큼 처참했습니다. 프리모 레비의 《살아남은 자의 슬픔》을 읽으면서 저는 처음 던진 질문 즉, 극한 상황에서 그들이 생존할 수 있었던 이유보다 더 중요한 사실이 있다는 걸 깨달았습니다. 그들의 생존이 본능이었든, 의지였든, 운이었든 그것은 그리 중요한 문제가 아니었습니다. 정작 우리가 주목해야 할 일은 '생존 이후의 생존'에 대한 것이었습니다.

지옥 후에도 또 다른 지옥이 있다는 것은, 부디 거짓말이기를

그대의 모든 것을 무너뜨린/ 고통 너머 그 무엇,/ 그 무엇을 난 아직도 믿고 싶다./ (…) / 그 시절의 치열함을/ 난 죽을 때까지 기록하고 싶다.

– 〈그 시절〉 중에서

소문들은 너무나 빨리 퍼져가지만/
아직도 할 말이 많이 남아있다!

– 〈기억의 고통〉 중에서

죽음이 나를 아는 체할 때마다/ 나는 온몸이 부서지도록 소리쳤네./ 난 아직 끝나지 않았다! / 아직도 난 할 일이 태산같이 남았노라고!

– 〈죽음이 나를 아는 체하네〉 중에서

내가 나를 위해 살지 않는다면/ 과연 누가 나를 위해 대신 살아줄 것인가?/ 내가 또한 나 자신만을 위해 산다면/ 과연 나의 존재 의미는 무엇이란 말인가?/ 이 길이 아니면 어쩌란 말인가?/ 지금이 아니면 언제란 말인가?

– 〈게달레 대장〉 중에서

　평균 3개월을 넘기지 못했다던 악명 높은 아우슈비츠에서 11개월을 버틴 프리모 레비는 이렇게 '기록'과 '증언'이라는 자신의 '소명'에 남은 생 전부를 바쳤습니다. 생존 이후 그를 살게 한 원동력은 바로 저 숱한 질문 속에서 자신이 해야 할 일을 올곧고 치열하게 해내야 한다는 의식이었을 것입니다.

　기억은 고통입니다. '외상 후 스트레스 장애'가 살아남은 자를 평생 괴롭히는 경우를 우리는 자주 목도합니다. 〈기억의 고통〉, 〈수레바퀴-절벽을 향하여〉 등의 시 제목에서 아픔의 실체는 '기억' 그 자체요, 평생 그 기억의 수레바퀴를 굴려야 하는 일이었다는 것이 충분히 짐작됩니다. 그럼에도 프리모 레비는 질문하는 것을 멈추지 않았습니다. 이 시집을 편역한 이산하 시인이 "질문 그 자체가 하나의 성찰"이라고 한 것처럼, 그는 끊임없이 존재의 의미를 묻고 또 물었습니다. 왜였을까요. 의심하지 않는 것이 죄라고 말했던 프리모 레비에게 질문을 던지는 행위는 야만적 역사가 되풀이되지 않게 할 투쟁이자 결의의 표현이었을 것입니다. 또한 먼저 간 이들에 대한 최소한의 예의이기도 하고요.

> 그대가 없는 깊은 밤/ 난 잠시 경솔한 생각에 빠지기도 했네./ (…) / 나 이전에 그대가 있었기에/ 오늘처럼 그대 곁에 내가 있고/ 태양 아래 인간이 존재하는 것이네./ 내가 살아서 돌아온 이유도/ 그대가 바로 거기에 있었기 때문이네.
> – 〈죽음이 나를 아는 체하네〉 중에서

결코 잊어서는 안 될, 기필코 기억해야만 하는 존재들. 그들은 "마음을 열고 부대끼면서 살았던 그 순간들"에 "서로가 서로에 대한 기억의 조각품들"*로 각인되어있는, 생각만 해도 "하얀 뼈 같은 눈물이 뚝뚝 떨어"**지는 사람들이었습니다. "브스타바치(기상)!"로 시작되는 소름 끼치는 새벽, 회색빛 아침, 잠깐씩 태양은 뜨지만 끝없이 지속되는 대낮 속의 밤, 보름달마저 빛이 아닌 밝은 어둠인 밤. 그 암흑의 시간을 함께 보낸 이들이었으므로.

---

* 〈내 벗들에게〉 중에서
** 〈포솔리 수용소의 석양〉 중에서

저는 분노가 없는 글은 글쓴이의 심장에서 나온 글이 아니라고 생각합니다. 그러나 분노만 가득한 글은 독자의 심장에 도달하지 못한다고도 생각합니다.

> 파편이 내 몸에 상처를 내면 나 역시 당신들처럼/ 조금씩 그것을 몰래 감추며 안으로 삭혀간다./ 나는 언제나 진주조개다.
> - 〈진주조개〉 중에서

그의 글에 있던 힘은 분노가 야기했던 파편들을 삭히고 삭혀서 나온 진주였습니다.

그랬던 그가 결국 자살했습니다. 애초에 프리모 레비를 두고 생존의 이유를 구하려 했던 게 잘못이었는지도 모릅니다. 그가 자살한 생존 유대인이라는 걸 모르지 않았는데 왜 저는 그의 죽음은 외면한 채 그가 남긴 기록과 증언으로 답을 구하려 했을까요. 네, 제 시야가 좁았습니다. 하나뿐인 지옥만 생각했기 때문입니다. 지옥을 벗어나면 또 다른 지옥이 있음을, 누군가에겐 먼저의 지옥보다 더 끔찍한 지옥이라는 사실을 까맣게 잊었던 것입니다. 암흑은 수용소에만 있는 게 아니었습니다. 수용소에서의 현실 못지않은 '버텨낸 이후'의 현실 또한 지독한 수용소였습니다. '살아남은 자의 아픔'은 아우슈비츠를 벗어난 현실이 주는 고통이었던 것입니다.

> 더러운 자본의 권력, 끊임없는 탐욕의 침략자들/ 지금도 살육
> 의 광풍을 은밀히 준비하는 전쟁광들이여/ 그대들은 그동안
> 하늘이/ 우리에게 내린 고통만으로는 정녕 부족하단 말인가.
> ─ 〈아우슈비츠의 소녀〉 중에서

> 누군가는 부지런히 땅을 사고팔고/ 또 누군가는 정부 연금에
> 기대 연명하고/ 또 누군가는 지역 의회에서 소일하며 늙어간
> 다./ (…) / 그런데 어떤 적들 말인가?/ 모두가 서로의 적이고
> 내면의 경계마저 분열돼/ 이미 오른손은 왼손의 적으로 변해
> 버렸다./ 하지만 어서 일어나라, 노병들이여/ 이제는 나치가
> 아닌 그대 안의 적들이여!/ 아직도 우리들의 전쟁은 끝나지
> 않았다!
> ─ 〈빨치산〉 중에서

어쩌면 진짜 전쟁은 전쟁이 끝난 이후에나 시작되는 것인
지도 모릅니다. 나치와 싸우다가 자신도 모르게 나치가 되어
버린 그들과 우리 안의 적을 직면한 이후에 말입니다. 그의
소명은 자신의 기록과 증언으로 더 이상 사람들이 '의심하지

않는 죄', '생각하지 않는 죄', '행동하지 않는 죄'를 저지르지 않게 하기 위한 것이었습니다. 그에게 고통스러운 기억을 붙잡고 사는 일은 십자가였습니다. 그 십자가는 과거와는 다른 내일을 위한 것이었으나 사유와 성찰 없는 비인간성은 더욱 더 활개를 쳤습니다. 생존자 모두가 자기 나름의 질문을 통해 존재 의미를 되새기며 살 것이라 여겼던 그의 믿음은 산산조각이 났습니다.

그래서 나치의 손아귀에서 벗어나 생존하게 된 이유를 파헤치는 일은 더 이상 중요한 게 아니었던 것입니다. 천금의 무게로 과거의 시간을 톺으며 살아야 마땅한 '살아남은 자'들이 의심하지 않고, 생각하지 않고, 행동하지 않는 사람으로 살고 있었으니까요. "당신 스스로 깊이 깨닫는 사람이 되기를", "항상 가슴 깊이 반추하며 살아가기를"* 바랐던 그는 끝내 절망에서 희망을 발견하지 못한 채 세상에 작별 인사를 고했습니다. "이미 밤이 깊었으므로 우리는 모두 각자의 뜻대로 떠날 것이네."**라고.

그를 살릴 방법은 없었던 걸까요. 저는 이 답답하고도 대책 없는 문제의 답을 영화 〈프란츠〉에서 발견했습니다. '살아

---

* 〈이것이 인간인가〉 중에서
** 〈작별 인사〉 중에서

남아 고통받고 있는' 안나와 아드리앵의 얘기를 통해서요.

진실보다 더 깊은 위로가 되는 거짓말

제1차 세계대전에서 프랑스와 독일은 서로 적대국으로 싸웠습니다. 아버지들은 자고로 남자라면 국가를 위해 싸워야 한다며 아들들을 전쟁터에 보냈지요. 프란츠의 아버지도 그랬습니다. 그런데 아들이 죽었답니다. 믿을 수 없었지요. 충만했던 애국심이 한순간에 증발하는 느낌.

"이대로 패배를 인정할 겁니까?"

라고 말하는 사람을 향해 강골이었던 프란츠의 아버지는 힘주어 답합니다. 독일을 사랑하지만, 아들을 더 사랑한다고.

상심에 빠진 건 안나도 마찬가지였습니다. 프란츠와 약혼한 그녀는 천애 고아입니다. 전쟁에서 돌아오는 대로 프란츠와 결혼할 예정이었고, 그의 부모와 함께 산 지도 이미 오래되었죠. 아들이 죽은 후 그들은 안나를 딸로 여기며 그녀가 하루빨리 아픔을 딛고 자기 인생을 살아가기를 진심으로 바랐습니다.

그러던 어느 날 그들 앞에 누군가 나타납니다. 프랑스인 아드리앵. 그는 자신을 프란츠의 친구로 소개합니다. 프란츠가 프랑스에서 유학 중일 때, 그러니까 전쟁이 나기 전 둘은 친한 친구였다는 거예요. 하지만 그것은 거짓말이었습니다. 아드리앵은 프란츠의 친구는커녕 전쟁터에서 프란츠를 죽인 당사자였습니다. 도대체 그는 왜 그런 천인공노할 거짓말을 했을까요.

처음부터 계획한 건 아니었습니다. 그가 어렵게 프란츠의 가족을 찾아온 이유는 다름 아닌 '용서'를 구하기 위해서였습니다. 적군인 프란츠와 일대일로 마주쳤을 때 총을 쏜 건 아드리앵의 이성이 아니라 본능이었습니다. 자국의 승리를 축하하고 전후의 자유를 만끽할 새도 없이 그는 살인자라는 죄책감에 정신병원에 입원까지 했습니다. 아드리앵을 괴롭히는 것역시 '기억'이었던 거지요. 자신이 죽인 적군의 가족 앞에 제 발로 찾아왔지만, 용기는 거기까지였습니다. 도저히 그의 부모 앞에서 자신이 당신들의 아들을 죽였다고 말할 용기는 없었던 거죠. 절친한 친구로 인사한 터라 아드리앵은 끝도 없이 그와의 추억을 만들어내 프란츠의 부모와 연인 앞에서 연기를 해야 했습니다. 프란츠의 가족이 그 거짓된 추억에 위로 받는 것을 보면서 거짓말은 점점 사실이 되어갔습니다.

프랑스로 돌아가기 전날에서야 그는 안나에게 진실을 털어

놓습니다. 그러나 운명은 언제나 그렇듯 절박한 순간에도 장난을 치는 법. 프란츠의 부모가 아드리앵을 아들로 느끼게 된 것처럼 그녀도 그에게 마음을 뺏기고 만 것입니다. 그렇더라도 진실을 안 이상 더는 아드리앵에게 연심을 품을 수는 없습니다. 그는 원수이니까요. 어떻게 가족과 연인 앞에 나타나 그런 뻔뻔한 거짓말을! 안나는 격분에 온몸을 떱니다.

하지만 그녀는 아드리앵이 준 진실이 적힌 편지를 끝내 프란츠의 부모에게 전달하지 못합니다. 이제 조금 안정을 찾고 아들의 친구로부터 살아갈 용기와 희망을 얻은 그들에게 오히려 그녀는 아드리앵이 했던 거짓말을 힘겹게 이어나갑니다. 진실의 고통은 오롯이 혼자 감당하겠다는 듯이.

"원래 거짓말은 죄악이지만 당신은 순수한 의도였으니 용서받을 겁니다. 진실이 뭘 가져올까요? 더 많은 고통과 눈물이겠지요. 그 프랑스인을 용서하세요."

신부님의 말씀 또한 그녀의 결심에 결정적인 역할을 했습니다.

아드리앵 : 독일에서 돌아왔을 때 죽고 싶었어요.

안나 :   저도 그랬어요. 더는 슬픔을 느끼고 싶지 않았지요. 하지만 이기적인 생각이었어요.

아드리앵 : 맞아요. 다른 이들을 위해 살아야지요.

아드리앵이 떠난 후 안나는 호수로 뛰어들어 자살을 시도합니다. 이후에는 소식이 끊긴 아드리앵을 찾아 프랑스로 건너가지요. 하지만 그의 곁엔 다른 여자가 있었습니다. 파리 생활을 정리하고 고향으로 돌아간 아드리앵 역시 쉽지 않은 삶을 이어가고 있음을 알게 된 안나는 자신의 사랑을 힘겹게 놓기로 합니다. 불가항력처럼 찾아오는 얄궂은 운명의 농간에 속수무책 당하면서도 목숨을 부지하며 살아야 한다는 것, 그역시 '살아남은 자의 아픔'이었습니다. 그랬기에 필요했을지모릅니다. 거짓말이라는 것이.

안나는 진실을 알면서도 왜 거짓말을 계속했을까요. "타인의 고통은 곧 나의 고통이기도 하다. 그래서 우리는 타인의고통 속에 함께 산다."*고 했던 프리모 레비의 말처럼 아드리앵의 고통이, 프란츠 부모의 고통이 그녀에겐 모두 자신의 고통이었던 게 아니었을까요. 그러니 결국 그녀의 거짓말은 '살아남은 자' 모두를 위한 것이었습니다. 거짓말이 아픔을 치유해줄 치료제였던 것입니다. 참말보다 더한 배려와 사랑을 품

---

* 〈아우슈비츠의 소녀〉 중에서

는 '좋은' 거짓말은 존재합니다. 아픈 현실을 액면대로 헤쳐 나가는 것만이 지혜는 아닐 터. 그렇게라도 죽지 않고 살아갈 수 있다면 말입니다.

거짓말이 위로가 되는 이유는 그것이 '기억'을 조작하기 때문입니다. 앞서 말한 대로 기억은 고통이기에 기억이 조작되면 고통이 줄어들거나 사라질 수 있습니다. 흑백으로 처리된 이 영화에서 몇몇 장면은 잠깐 컬러로 바뀝니다. 다름 아닌 프란츠의 부모와 안나, 아드리앵이 프란츠를 '기억'할 때 그렇습니다. 기억 속에서의 프란츠의 모습이 참(실존)이든 거짓(허상)이든 상관없습니다. 아드리앵과 친구였던 적 없는 프란츠가 친구였던 것처럼, 총을 맞고 쓰러진 프란츠를 건강했던 모습으로 기억한다고 해도 상관없는 것입니다. 사실상의 주인공은 안나인데 영화 제목을 왜 〈프란츠〉라고 했을까 의아해하던 저를 비웃기라도 하듯 감독은 아주 생생한 색으로 프란츠를 살려내어 영화 안에 우뚝 세웠습니다. 죽었을지라도 프란츠는 그들의 기억에서 잊히면 안 되는 존재였기 때문입니다.

프리모 레비가 "너무 고통스러워 삶의 의지마저 잃어버린 동지들"은 물론 "내가 모르는 벗들"*까지도 기억하며 살았던

---

* 〈내 벗들에게〉 중에서

이유도 이와 같을 것입니다. 안타까운 것은 프리모 레비의 기억 화면에는 컬러가 없었다는 거예요. 그가 단 한 번이라도 흑백을 컬러로 바꿀 수 있었다면, 아니 세상이 그가 바란 대로 변화해 그에게 컬러를 허락했더라면 그의 생이 그토록 허망하게 끝나진 않았을 텐데….

그러니 이제 우리가 프리모 레비를 그렇게 기억해주면 어떨까요. 총천연색 빛깔로 화려하고 생동감 넘치게. 한평생 흑백으로 남들만을 기억하느라 애쓴 그의 노고에 진심의 감사를 담아서.

〈프란츠〉 Frantz, 2016
감독 : 프랑수아 오종
출연 : 피에르 니니, 폴라 비어
장르 : 드라마
등급 : 12세 관람가
러닝타임 : 113분

《살아남은 자의 아픔》 Ad ora Incerta, 1984
프리모 레비 지음 / 이산하 엮음 / 노마드북스

남겨짐

당신 곁에는 여전히 누군가가 있습니다

by 〈오베라는 남자〉&《사랑은 그렇게 끝나지 않는다》

저는 대학 1학년 때 아버지를 잃었습니다. 암 투병 중이셨던 아버지는 제가 어학연수를 위해 출국한 직후 갑작스럽게 호흡 곤란이 와 응급실에 가셨고 그 길로 아주 먼 곳으로 떠나셨습니다. 아버지의 죽음은 제게 상상을 초월하는 슬픔이었습니다. 임종을 지키지 못했다는 죄책감은 꽤 오랫동안 저를 괴롭혔고, 상실감에 빠져 다른 사람의 아픔은 제대로 보이지 않았지요.

제가 좀 더 일찍 알아차렸어야 했을, 아픔에 허덕이던 '다른 사람'은 바로 어머니였습니다. 언젠가 읽은 한 기사가 저를 그런 자각으로 이끌었지요. 그 기사를 읽고 어머니에게 또 다른 불효를 저질렀다는 생각에 다시 한번 자책해야 했습니다. 물론 아버지를 잃었을 때의 저는 결혼 생활과 부부 관계에 대해 성숙한 생각을 할 수 없는 어린 나이였기에 당시 배우자를 잃은 어머니의 감정을 헤아릴 수 없었어요. 가족이라면 고통의 깊이와 결이 비슷할 거라고 유추했을 뿐입니다.

그 기사의 내용은 미국 워싱턴 의대의 토머스 홈스와 리처드 라헤 교수가 개발한 정신적 충격에 따른 '스트레스 지수 측정 정도Holmes and Rahe stress scale' 조사였습니다. 20위까지의 고통 순위 가운데 1위가 바로 '배우자의 죽음'이었지요. 배우자를 잃은 사별자의 스트레스 점수는 최고점인 100점, 더 이상 올라갈 데 없는 스트레스 최고치였습니다. '가족이나 친지의 죽음'은 63점으로 5위이고요.

73점으로 2위를 차지한 것은 '이혼'이었고 해고, 퇴직, 도산, 재정 변화 등의 사회·경제적인 문제는 예상외로 후순위에 있었습니다. 이 같은 조사 결과는 인간에게 극심한 스트레스를 주는 요인이 다름 아닌 '관계의 상실'이라는 것을 말해줍니다. 특히 사랑으로 맺어진 인생의 동반자를 잃은 고통은 상상을 초월하며, 그 고통은 배우자의 육체적 죽음에 버금가는 정신적 죽음의 경험이라고 연구자들은 설명했습니다.

통상 우리는 질병이나 자연사로 배우자를 잃은 슬픔을 그리 큰일이라고 여기지 않습니다. 그래서 그들의 스트레스 정도가 최고점을 기록하리라고 예상하기 어렵지요. 어린 자녀가 있다면 자식을 키우느라 슬픔을 느낄 여유가 없거나 자식에 마음을 기대어 충분히 살아갈 수 있다고 생각합니다. 한편, '산 사람은 살아야 한다'는 말로 사별자가 비감을 잘 삭이며 견뎌주길 은근히 바라기도 합니다. 슬픔이 전염병이라도 되는 듯 고통스러워하는 사람을 지켜보는 것 자체를 힘겨워하는 경우도 많습니다. 가족이나 친한 친구들이라고 해서 다르지 않습니다. 오히려 가까운 사람에게 받는 마음의 상처가 더 클 때도 있지요. 《사랑은 그렇게 끝나지 않는다》에서 줄리언 반스도 그런 감정을 토로하고 있습니다.

> 나는 비탄에 빠진 사람들이 그 아픔 때문에 주변 사람들을 어떻게 정리하고 재편성하는지, 어떻게 친구들을 시험하는지, 어떤 친구가 합격하고(곁에 남고), 어떤 친구가 낙제하는지를(멀어지는지를) 빨리 깨닫게 되었다. 오랜 우정은 슬픔을 함께 나눔으로써 더 깊어질 수도 있지만, 갑자기 하찮아 보이기도 한다.

맨부커상을 수상한 《예감은 틀리지 않는다》로 잘 알려진 소설가 줄리언 반스. 《사랑은 그렇게 끝나지 않는다》는 30년간 함께했던 아내를 단 37일 만에 잃은 작가가 사별 이후 5년 뒤 아내에 대한 가없는 사랑과 그간의 응집된 고통을 절절히 풀어낸 회고 에세이입니다. 진단받고 고작 한 달 하고 일주일 만에 떠나버린 아내를 "내 삶의 심장이었고 그 심장의 생명이었다."라고 표현할 정도로 아내에 대한 사랑이 극진했습니다. 작가는 사별의 심정을 "의식이 있는 상태에서 추락하여 내장기관이 다 터진 걸 느끼는 기분"이라고 말합니다. 나아가 "내가 나 자신이 맞는지도 알 수 없는 느낌"이라고도 했지요. 시공간의 개념뿐만 아니라 모든 감각을 상실하게 된다는 의미일 겁니다. 담석증으로 고생하다가 수술받은 친구에게 그때의 고통을 묘사해보라 했더니 말은 못 한 채 눈자위만 젖어 들더라는 일을 소개하면서 기실 극심한 고통 앞에서 우리가 사용하는 언어는 무용할 뿐이라고 고백하기도 합니다. 맞는 말입니다. 극한의 슬픔이 닥치면 막상 그 슬픔이 제대로 느껴지지 않는 법인데 그걸 무슨 말로 표현할 수 있단 말입니까.

주변 사람들은 나름의 방법으로 그를 위로하거나 슬픔을 이겨낼 만한 크고 작은 방법들을 제안합니다. 그러나 작가의 마음에 와닿는 것은 별로 없습니다. 사별을 먼저 경험한 자들의 이야기가 그나마 작은 위안을 주지만 그 무엇도 뾰족하게 각인되는 것 없이 "이건 그냥 우주가 제 할 일을 하는 것뿐이야." 하는 무심한 결론에 도달하고 맙니다. 그리고 어떤 위안도 담겨 있지 않은 이 말이야말로 주변의 어설픈 위로에 저항하는 대안일지도 모른다고 말합니다. 이 고백에서 저는 굉장히 가슴이 아팠습니다. 진부한 위로에 얼마나 마음을 다쳤으면 의미를 부여할 필요가 없는 '우주의 제 할 일'이라는 결말에 도달했을까 싶었지요.

아주 오래전, 아버지에 이어 어머니마저 여읜 제가 느꼈던 감정도 비슷합니다. 사람들은 여러 말로 애도를 표했지만, 그 말들은 귓가를 스치는 동시에 바로 흩어지곤 했습니다. 때로는 침묵이 말보다 강하다는 걸 사람들은 잘 모릅니다.

이를 넘어 작가가 더욱 상처받았던 것은 사람들이 죽은 아내에 대해 혹은 죽음 그 자체에 관해 이야기하기를 회피한다는 것이었습니다. 조금씩 사라지는 아내의 기억을 붙들기 위해 악전고투하는 그에게 정작 필요한 것은 친구들이 아내와 자기 부부에 대해 아주 사소한 일이라도 기억해서 이야기해주는 것이었는데 말이죠. 아내에 관한 새로운 이야기라면 아무리 하찮아도 즐겨들으며 타인의 꿈에 나타난 그녀의 모습마저도 반갑고 설렌다는 그였으니 아내를 과거의 사람 혹은 없는 사람으로 만들려는 일련의 시도들이 얼마나 뼈에 사무치는 일이었을까요. 그가 자살에 대해 심각하게 생각한 것은 그래서 하등 이상할 게 없습니다. 〈오베라는 남자〉의 오베처럼 말이지요.

"오늘은 어떻게든 당신 만나러 갈게"

오베는 무려 6번이나 자살을 시도합니다. 목을 매달고, 자동차 배기가스를 들이마시고, 달려오는 기차를 마주하고, 총을 발사해도 죽는 것은 사는 것보다 훨씬 더 어렵습니다. 준비가 소홀했거나 의지가 약해서가 아니라 주변에 숱한 훼방꾼이 그의 죽음을 우연히(?) 방해했기 때문이지요. "나 좀 죽자, 죽어! (죽고 싶어) 미치겠다! 아유, 속 터져…"를 외칠 수밖에 없는 상황들. 영화를 보는 관객에게는 웃음의 포인트이겠으나 빨리 죽고 싶은 오베에게는 먼저 간 아내와의 재회를 막는 재앙이었습니다.

오베의 인생은 참으로 지난했습니다. 어릴 때 엄마를 잃고 '겁나게 착한 남자'가 별명인 아버지마저 사고로 잃은 뒤에도 오베는 절망하지 않았습니다. 충분히 진학 가능한 좋은 성적이었는데도 자립해서 살기 위해 학업을 접고 아버지가 다니던 철도회사에 취직했습니다. 그런데 어느 날부터 '와이셔츠 입은 것들(공무원)'이 찾아와 집을 보수해야 한다며 그를 괴롭히기 시작합니다. 그래도 세상에 불만을 품거나 저항하지 않았어요.

하지만 얼마 후 더 큰 불행이 닥쳤습니다. 이웃집에서 불이 나 미처 불길 속을 나오지 못한 아이와 노인을 구했는데, 불씨가 그만 바람에 날려 오베의 집에 옮겨붙은 것이죠. 설상가상 그가 불을 끄려 달려갔을 때 그 '와이셔츠 입은 것들'이 막아서는 바람에 그에게 남은 건 타다 남은 집뿐. 사랑하는 부모님과 평생을 함께했던 집인데 다 잃었습니다. 한 줄기 희망도 없는 그의 삶은 신이 작정하고 저주를 퍼부은 것만 같았지요.

갈 곳이 없어 기차 안에서 잠을 잤습니다. 떠나는 기차인 줄도 모르고 말입니다. 눈을 떠보니 벌써 1시간을 달렸네요. 그런 그 앞에 한 아가씨가 앉아 있습니다. 기차표가 없는 그를 위해 선뜻 돈을 지불해준 그녀. 질곡으로 점철된 그의 삶에 수호천사처럼 나타난 그녀는 소냐입니다. 가진 건 없지만 순수하고 진실한 마음이 매력인 오베의 수줍은 청혼에 소냐가 환하게 웃는 순간, 이제는 더는 불행이 없을 것 같았습니다.

인생이 명확히 행과 불행으로 나뉘고, 고통에 대한 보상으로 행운이 찾아온다면 얼마나 좋을까요. 그러면 불행이나 고통도 기꺼이 맞이할 수 있을 텐데 말입니다. 오베는 자신의 불행이 소냐에게로 번지자 조금씩 무너집니다. 그녀가 예의 밝은 얼굴로 힘껏 웃어줬기에 그나마 숨쉬고 살 수 있었지요. 훗날 그가 "소냐 전에 난 없었고, 소냐가 없으면 난 없는 거야." 라고 말한 것은 줄리언 반스가 아내에 대해 "내 삶의 심장이었고 그 심장의 생명이었다."라고 표현한 것과 같습니다. 결국 그녀가 떠나자 오베는 장구한 세월 동안 참아왔던 울분을 터뜨립니다. 괴팍하고 까칠하며 고집 센 통제 불능 노인으로 온 동네 사람들과 척질 정도로요.

하지만 사람 본성이 어디 가나요. 겉으로는 그렇게 보여도 정의롭고 인정이 많아서 자살을 못 하는 그입니다. 죽으려고만 하면 그가 나서야 할 일들, 도와줘야 할 사람들이 생기거든요. 그 중심엔 자살 시도 첫날 이사 온 앞집 사람들이 있습니다. 운전도 사다리 타기도 잘하지 못하는 키만 큰 패트릭과 임신한 몸으로 잘도 뛰어다니는 이란 출신 이민자 파르바네 부부와 두 딸이 이웃이 되면서 사사건건 오베와 엮이게 되지요. 사실 그들은 훼방꾼이 아니라 오베를 살게 한 사람들입니다. 사람은 자꾸 엮이면 정이 들게 마련이잖아요. 정이 들면 이웃사촌이 가족보다 가깝게 느껴집니다. 그런 사이라면 작은 일이라도 서로를 챙기는 게 당연지사. 결국 오베의 마지막을 함께하는 사람도 이들입니다.

우주가 제 할 일을 잘해주기를

평소에 친하게 지내던 동네 사람들이 아니라 왜 알지도 못한 낯선 이들이 오베를 살게 한 걸까요? 네, 바로 그 '낯설음'에 독특한 위무의 힘이 있습니다. 앞서 작가 줄리언 반스가 아내를 잃은 후 가까운 사람들로부터 상처를 받았다고 했지요? 상처를 입은 이유는 작가가 그들로부터 받고 싶은 위로의 수준과 기대 탓도 있지만, 그들이 사별자인 작가에게 기대하는 것에 대한 부담도 작용했을 겁니다. 예를 들어 어머니를 보낸 뒤 망연해 있는 제게 "얼른 정신 차리고 애들을 돌봐야 하지 않겠니?"라고 했던 걱정이 그런 경우이지요. 하루빨리 일상으로 돌아와 제 역할을 해주길 바라는 주변 사람들의 충고에 저는 또 다른 심적 부담을 느껴야 했습니다.

자신의 심연을 타인에게 보여주고 이해시킨다는 것은 참 어려운 일입니다. 감정 소모가 대단히 크지요. 동시에 나 아닌 사람을 완벽하게 이해한다는 것 또한 불가능에 가깝습니다. 아니, 우리는 자기 자신도 오롯이 이해할 수 없을 때가 많습니다. 타인에게 깊은 이해를 바라는 것, 자신이 타인을 다 이해할 수 있다고 생각하는 것은 욕심이자 착각입니다. 그래서 아무 기대도 부담도 없이 무심하게 일상을 나눌 사람이 있다는 것은 축복입니다. 어쩌면 오베 앞에 나타난 앞집 사람들은 소냐가 보내준 선물이었을지도요.

온통 슬픔만 가득 찼던 작가 줄리언 반스에게도 일상을 의미 있게 공유할 '낯선' 자들이 주변에 있었다면 참 좋았을 거라는 생각이 듭니다. 작가가 그런 이들 없이 자살 계획을 포기한 것은 무척 다행스러운 일이에요. 오베가 자포자기했던 것과는 달리 줄리언 반스가 마음을 돌린 데는 심대한 이유가 있습니다.

> 누군가 죽었다는 사실은 그들이 살아 있지 않다는 것을 의미할지 모르지만, 그렇다고 그들이 존재하지 않는다는 것을 의미하는 건 아니다. (…) 아내가 어떤 식으로든 살아 있는 한, 그녀는 내 기억 속에 살아 있다는 것을 나는 깨달았다. (…) 내가 자살하면 나 자신만이 아니라 아내까지 죽이는 일이 된다. (…) 나는 어떻게 살아가야 할까? 아내가 살아 있다면 그러길 바랐을 모습대로 살아야만 한다.

애도가 무엇인지를 핍진하게 자문하면서 작가는 죽음과 똑같이 비탄도 '우주의 제 할 일'에 속하는 것이라고 결론을 내립니다. 나아가 "우리는 우리가 그 아픔과 싸웠고, 목적의식을 가지고 있었고, 슬픔을 극복했고, 우리의 영혼에서 녹을 긁어냈다고 생각하지만, 그 모든 일이 일어난 때는 비탄이 다른 곳으로 떠났을 때, 자신의 관심사를 다른 데로 돌린 때"라고 말합니다. 사람의 의지가 고통을 경감시킨 것이 아니라 우주가 제 역할대로 비탄을 사람의 마음에서 가져갔다는 말입니다.

그 결론에 동의하든 안 하든 '영원한 것은 없다'는 진리를 우리는 알고 있지요. 죽음만이 정답일 것 같은 고통 속에서도 언젠가는 그 고통도 사위어간다는 걸 자연의 순리는 알려줍니다. 또 하나, 작가는 고통에 대해 좀 더 확장된 시선을 갖게 합니다. 고통은 당신이 아직 잊지 않았음을 알려주는 거라고요. 기억에 풍미를 더해주는 사랑의 증거라고요. 삶을 견인하는 건 에로스만이 아닙니다. 앞서도 말했지만, 타나토스도 같은 크기의 에너지로 삶의 동력을 증강합니다. 그래서 누군가는 고통을 즐긴다고 말하는가 봅니다. 즐기는 경지에는 이르지 못하더라도 부디 고통에 질식당하지는 않았으면 좋겠습니다. 언제라도 일상을 방해하는 낯선 사람이 있다면 기꺼이 맞이하고요!

〈오베라는 남자〉 A Man Called Ove, 2015
감독 : 하네스 홀름
출연 : 롤프 라스가드, 바하 파르스, 필립 베리
장르 : 코미디/드라마
등급 : 12세 관람가
러닝타임 : 116분

《사랑은 그렇게 끝나지 않는다》 Levels of Life, 2014
줄리언 반스, 팻 캐바나 지음 / 최세희 옮김 / 다산책방

불망(不忘)

떠나간 자를 사랑하는 법

by 〈러브레터〉&《소유냐 존재냐》

"오겡끼데스까?"

하루에 수십 번을 외쳐도 좋을 "잘 지내나요?"라는 이 말. 히로코가 이츠키를 향해 목이 터져라 안부를 묻는 바로 그 장면. 영화를 전부 기억하지는 못해도 이 장면만큼은 잊을 수가 없습니다. 히로코의 절절한 물음에 과연 이츠키는 뭐라고 답했을까요.

히로코와 이츠키는 결혼을 약속한 사이였습니다. 그러나 불행히도 이츠키는 등산 중에 조난 사고를 당해 히로코의 곁을 떠났습니다. 이츠키의 2주기 추모식이 있던 눈이 많이 내린 그날. 히로코는 우연히 그의 중학교 졸업 앨범에서 당시에 그가 살았던 집 주소를 발견합니다. 그리고는 그곳으로 편지를 부칩니다. 국도가 들어서면서 그 집은 없어졌다는 걸 알면서도요. 그가 떠난 지 2년이 지났지만, 히로코는 여전히 이츠키를 놓지 못합니다.

어느 날 모르는 사람으로부터 편지 한 통을 받는 이츠키. 아무리 생각해도 와타나베 히로코라는 이름은 들어본 적이 없습니다. "오겡끼데스까? 와따시와 겡끼데쓰(잘 지내고 있나요? 저는 잘 지냅니다)." 짧디짧은 편지였지만 왠지 호기심이 발동한 이츠키는 답장을 보냅니다. 감기에 걸려 잘 못 지내고 있다고.

"답장을 받았어요."

"뭐라고? 천국에서 보냈단 말이야?"

세상에! 정말 믿을 수 없는 일이지요. 이것을 기적이라고 해야 할까요? 장난 같은데 히로코는 그 편지가 마냥 반갑기만 합니다.

서로의 정체에 대한 의심은 몇 번의 편지 교환이 이뤄진 뒤에야 시작됩니다. 정말로 죽은 이츠키가 편지를 보냈을 리는 없으니까요. 보다 못한 히로코의 선배 아키바가 히로코 몰래 이츠키에게 편지를 보낸 뒤에야 의문이 풀립니다.

선배 아키바. 그는 이츠키와 히로코가 사랑하기 전부터 히로코를 짝사랑하고 있는 남자입니다. 부디 히로코가 이츠키를 잊고 자신에게 와주기를 오매불망 기다리는 중이지요.

"이츠키가 보낸 편지라고, 그렇게 믿고 싶었어요."

그런 히로코가 딱하고 답답한 나머지 아키바는 히로코를 데리고 문제의 주소로 찾아갑니다. 히로코의 편지에 답장을 보낸 사람은 죽은 이츠키와 같은 이름을 가진 중학교 동창생 여자였습니다.

정체를 알았는데도 편지 교환은 이어집니다. 히로코는 이츠키(여)에게 중학교 시절의 이츠키(남)에 대해 알려달라고 합니다. 그녀의 기억은 대체로 같은 이름을 가진 당사자들이 겪는 안 좋은 기억들로 가득합니다. '얼레리꼴레리'로 둘을 엮으려는 친구들에게 늘 놀림의 대상이 되었거든요. 당시 그녀는 최대한 이츠키(남)를 피해 다니거나 모르는 척하고 지냈습니다. 그런데 과거를 더듬을수록 그녀는 자신의 기억과 달리 이면에 다른 무언가가 있다는 걸 조금씩 알아채게 됩니다. 그녀만 몰랐지, 다른 친구들은 눈치로 다 알고 있었던 사실. 이츠키(남)가 그녀를 많이 좋아했었다는 것을요.

얼마 뒤 히로코와 아키바는 여행을 떠나기로 합니다. 일명 이별 여행. 아키바가 히로코를 포기하는 이별이 아니라 히로코가 이츠키(남)를 놓아주는 이별입니다. 목적지는 이츠키(남)가 숨을 거뒀던 그 산 앞이고요.

"못 가겠어요. 돌아가게 해줘요."

히로코는 내딛던 걸음을 멈추고 맙니다.

"마음을 비우기로 했잖아, 히로코. 이츠키도 자유롭게 해주고 이제 너도 그만 자유로워져!"

망부석이 될 것처럼 발을 땅에 붙여버린 히로코. 그리고 그녀를 아프게 바라보는 아키바. 결국 히로코는 그 산을 바라보며 서 있습니다. "오겡끼데스까?", "와따시와 겡끼데쓰!"를 목이 터져라 외치고 또 외치면서요. 눈길에 넘어지고 옷이 다 젖어도 푹푹 빠지는 눈밭을 힘차게 헤치며 나아가 내지른 인사, 오겡끼데스까! 몸은 쓰러질 것 같은데 폐부에서 터져 나오는 물음은 더 또렷하고 애절한 물음이었지요. 되돌아오는 것은 조금 전의 내 목소리뿐이지만 그가 되물어주는 물음인 양 기어이 나는 잘 지내고 있다는 걸 알려주는 아픈 대답, "와따시와 겡끼데쓰." 그것은 그녀의 무구하고 진실한 마음이 부디 이츠키에게 가 닿기를, 보는 사람도 한마음으로 빌게 되는 성스러운 의식과 같은 것이었습니다.

죽어서도 끝나지 않는 사랑이 있다

《소유냐 존재냐》의 에리히 프롬의 말대로 사랑은 '소유'하는 게 아니라 '존재'하는 것입니다. Have가 아니라 Be가 사랑인 것입니다. 그러나 우리는 많이 착각하고 삽니다. 사랑을 가질 수 있다고 말이지요.

통념으로서 사랑을 '갖는다'는 것은 무엇을 의미할까요? 육체적 합일? 상대의 마음을 빼앗는 것? 법적인 혼인 관계의 성립? 모두 아닙니다. 본질적으로 사람은 사람을 그 어떤 방식으로도 가질 수 없습니다. 설사 이것 중 무엇 하나라도 사랑을 갖는다는 뜻에 부합한다고 해도 그 소유가 아름다운 것은 아닐 겁니다. 프롬이 그 이유를 잘 설명하고 있습니다. 아래의 두 시를 통해서요.

갈라진 벽 틈새에 핀 꽃이여,

나는 너를 그 틈새에서 뽑아내어,

지금 뿌리째로 손안에 들고 있다.

작은 꽃이여-그러나 만약 내가

뿌리째 너를, 너의 모든 것을 알 수 있다면,

신과 인간이 무엇인지도 알 수 있으련만.

눈여겨 살펴보니

울타리 곁에 냉이꽃이 피어 있는 것이 보이누나!

위의 시는 19세기의 영국 시인 테니슨이, 아래의 시는 에도 시대의 일본 시인 마쓰오 바쇼가 쓴 시입니다. 두 시 모두 산책길에서 본 꽃에 대한 시인들의 반응을 묘사하고 있는데 그 차이가 느껴지나요? 프롬의 설명을 정리하면 이렇습니다.

테니슨의 시에서는 꽃을 소유하려는 시인의 욕망이 가득합니다. 시인은 틈새에서 그 꽃을 뿌리째 뽑아내는 것으로도 모자라 그것에 대해 완벽하게 이해하고 싶은 지적 소유욕마저 드러냅니다. 꽃에 대한 파악이 신과 인간에 대한 이해로까지 연결된다고 하는 걸 보니 이 시인은 대단한 지적 허영심이 있거나 만용을 부리는 느낌마저 듭니다. 결과적으로 꽃을 뿌리째 뽑았다고 해서 꽃에 대한 이해가 깊어졌을 리 만무하고, 불행히도 그렇게 뽑힌 꽃은 시들어 죽었을 테니 그의 소유욕은 한 생명을 잔인하게 짓밟는 꼴이 되고 말았습니다. 사람에 대한 소유욕도 결과는 비슷합니다. 소유 양식으로 체험되는 사랑은 상대의 생명력을 약화하고 파괴하기 일쑤입니다.

반면 바쇼의 시는 어떤가요. 시인이 한 행동이라고는 고작 꽃을 바라보는 것뿐입니다. 그 속에 온갖 경이와 감탄이 다 녹아있지요. 단 두 줄로 생명에 대한 예찬을 합니다. 시인의 시선은 피었는지 미처 알지 못했던 꽃에서 꽃을 바라보고 있는 자신에 대한 사랑으로 확장됩니다. 무릇 생명과 생명의 만남이 그러하지요. 그 생동감과 순환하는 긍정의 기운이 바로 프롬이 말한 "사랑은 소생과 생장을 낳는 과정"이라는 말과 일치합니다. 바쇼의 꽃에 대한 사랑이 소유 양식이 아닌 존재 양식이기에 가능한 일입니다.

그래서 영화 〈러브레터〉에서 히로코의 죽은 이츠키에 대한 사랑은 참 신비롭습니다. 연인을 잊지 못하는 마음이 존재 양식으로서의 사랑을 완벽히 재현하고 있지요. 히로코의 지순함은 상대가 존재하지 않아도 존재할 수 있도록 우리의 인식을 넓혀줍니다. 얼핏 집착으로 보일 수 있지만 그것은 소유를 향한 집착이 아닙니다. 그리고 역설적으로 그런 사랑이기에 소유를 허락합니다. 존재 양식의 사랑만이 허하는 소유는 대체 무엇일까요? 영원한 사랑을 가능하게 하는 '내 마음에 대한 소유'입니다. 가질 수 있는 것은 오직 그뿐이지요. 사람에 대한 소유가 아니라 사랑이라는 감정에 대한 소유.

체험을 통해 기쁨을 만끽하라

그와 달리 선배 아키바의 마음은 복잡합니다. 이츠키의 2주년 추모식에서 '내가 히로코를 사랑하고 있으니 그녀와 결혼하게 해달라'고 빌던 그의 마음은 그녀에 대한 소유욕입니다. 그녀를 문제의 주소와 이츠키가 묻힌 산 앞으로 데려갔던 마음 역시 소유 양식에 가깝습니다. 그녀의 마음속에 있는 이츠키를 놓게 하려는 그의 부심이 투영된 행위이니까요.

프롬에 따르면 '결혼'은 소유와 직결되는 제도입니다.

> 결혼의 약속은 쌍방에게 상대방의 육체, 감정, 관심을 독점할 권리를 부여한다. 이제부터 그 어느 편도 상대방의 마음을 사려고 애쓸 필요가 없다. 이제 사랑은 소유하고 있는 무엇, 하나의 재산이 되었기 때문이다.
> 두 사람 사이에는 사랑을 일깨우려는 노력도, 사랑스러운 존재가 되려는 노력도 수그러든다. 그들은 권태로워지고 각자 지녔던 아름다움도 소멸된다. 환멸을 느끼며 어쩔 줄 몰라 한다. (…) 그들은 흔히 변해버린 관계의 원인을 상대방에게서 찾으려고 들며 자신은 속았다는 느낌에 젖는다. 그들이 깨닫지 못하는 점은 두 사람 모두 서로 사랑에 빠졌던 그때와는 이미 같은 인간이 아니라는 사실, 사랑을 소유할 수 있으리라는 그릇된 기대감이 결국 사랑을 정지시켰다는 사실이다.

그렇다고 해서 프롬이 결혼 제도에 반기를 든 사람은 아닙니다. 다만 결혼을 앞둔 당사자들이 소유 지향적 성격을 갖고 있다면 결혼 생활은 실망의 연속에서 불행에 이르는 뻔한 결말로 흘러가리라는 지적입니다. 그래서 제도가 아니라 의식이 중요하다는 점을 그는 지적합니다. 그렇다면 존재 양식으로서의 연애 혹은 결혼 생활은 어떤 모습일까요?

프롬이 강조하는 것은 '체험'과 '기쁨'입니다. 그는 능동성을 존재적 실존 양식의 가장 본질적 특성이라고 말합니다. "능동성은 인간의 힘을 생산적으로 사용한다는 의미에서의 내면적 활동 상태, 즉 자기를 새롭게 하는 것, 자기를 성장시키고 사랑하는 것, 고립된 자아의 감옥을 초극하며, 관심을 가지고 귀 기울이며 베푸는 것"이라고 정의하지요. 중요한 것은 이러한 상태는 '체험'을 통해서만 가능하다는 것입니다. 언어로는 완전히 재현될 수 없다면서요. 이것을 사랑에 적용하면 사랑하는 사람들끼리 공유한 체험은 서로를 존재로서 사랑하는 증거 방식이란 뜻이 됩니다. "사랑해."라는 말을 수없이 내뱉는다 해도 사랑을 느낄 수 있는 공동의 체험이 없다면 그것은 '죽은 언어'가 된다는 게 프롬의 설명입니다. 말이란 게 원래 행위가 뒷받침되지 않으면 공허하고 무의미한 것이죠. 중학생 시절 두 명의 이츠키가 훗날 사랑을 확인할 수 있었던 것도 그들이 함께했던 체험이 있었기 때문일 것입니다.

능동성의 충족과 더불어 체험이 중요한 이유는 또 있습니다. 시간이 지나서 그것들을 '기억'할 때 과거의 시간을 '여기, 지금'으로 불러오기 때문입니다. 히로코와 이츠키(여)가 편지를 주고받으며 죽은 이츠키를 기억할 때 그 시간이 생생히 느껴졌던 것은 과거가 '지금, 여기'로 소환되어 '초시간적'인 체험을 제공한 덕입니다.

체험이 전제된 능동성으로 정성스럽게 빚어낸 사랑은 그 자체로 '기쁨'입니다. 소유한 것이 아니므로 상실되지 않고, 외부의 힘이 아닌 자신의 내적 힘으로 표현해낸 주체적 사랑이므로 예술과 같습니다. 쾌락과는 본질적으로 다른 것입니다. 프롬은 기쁨과 쾌락을 이렇게 구분합니다.

> 기쁨은 생산적 활동에 수반되는 현상이다. 그것은 정점에 이르렀다가 느닷없이 추락하는 식의 '절정의 체험'이 아니라 수평의 상태, 인간 고유의 능력이 생산적으로 전개됨에 따라서 수반되는 정서의 상태이다. 기쁨이란 몰아의 경지, 순간의 불꽃이 아니라 존재에 내재하는 불씨이다.
> 쾌락과 말초적 흥분은 절정을 넘어서면 비애의 감정을 남긴다. 흥분은 맛보았지만, 그릇은 채워지지 않기 때문이다. 내적 힘은 성장하지 못했기 때문이다. (…) 성적 기쁨이란 육

체적 친밀도가 사랑의 친밀도와 일치할 때만 느낄 수 있는
것이다.

이츠키(남)에 대한 히로코와 이츠키(여)의 사랑은 종류가
다르지만 그들 모두에게 기쁨이었습니다. 이는 그 감정이 온
전히 존재의 근원에 맞닿아 존재 자체를 그저 사랑했기 때문
입니다. 눈앞에 보이든 보이지 않든, 영원한 사랑은 가능하고
실제 존재한다고 믿습니다. 그녀들 덕분에 느끼게 된 사랑, 프
롬에게 배운 사랑, 보고 싶어도 볼 수 없고 만나고 싶어도 만
날 수 없던 지난 몇 년간의 암흑기를 거치며 비로소 깨닫게
된 사랑. 이 사랑의 의미를 담아 바쇼처럼 저도 시 한 편을 지
어보겠습니다.

그는 그저 그이다.
그래서 그를 사랑한다.

〈러브레터〉 Love Letter, 1995
감독 : 이와이 슌지
출연 : 나카야마 미호
장르 : 드라마
등급 : 전체 관람가
러닝타임 : 117분

《소유냐 존재냐》 To Have or To Be?, 1976
에리히 프롬 지음 / 차경아 옮김 / 까치

황혼은 충분히 아름다울 수 있습니다

by 〈타임 패러독스〉&《늘어감에 대하여》

저는 이제 막 '노화' 입문기에 접어들었습니다. 갱년기가 시작된 것이지요. 밤낮으로 지배하던 육체의 고통은 당연하다는 듯 우울과 무기력으로 저를 이끌더군요. 시간이 지나면 자연스레 나이를 먹고 늙는 줄 알았지, 늙는 과정 자체에 시련이 따를 줄은 몰랐습니다. 늙음을 거부하고 회춘하겠다는 욕심을 부리는 것도 아닌데 순리대로 늙어가는 일이 왜 고행이어야 하는지 이해하기 어려웠습니다. 저는 '늘어감'이라는 문제를 깊이 생각하기 시작했습니다. 그것을 정의하고 그것이 저에게 주는 함의를 찾고 싶었습니다. 스피어리그 쌍둥이 형제 감독이 메가폰을 쥔 영화 〈타임 패러독스〉와 장 아메리의 《늘어감에 대하여》는 그렇게 해서 보게 된 작품입니다.

생은 역설로 점철된 시간의 총체인가

〈타임 패러독스〉는 타임슬립이라는 진부한 소재를 사용했지만 많은 생각거리를 던져주는 철학적인 영화입니다. SF 문학의 거장인 로버트 A. 하인라인의 《모두가 좀비들All You Zombies》(1959)이 원작 소설이지요. 영화는 다음과 같은 질문을 던지며 본격적으로 전개됩니다.

"절대로 당신이 잡히지 않는다고 보장한다면, 당신 인생을 망가뜨린 사람을 만났을 때 그 사람을 죽일 건가요?"

시간을 넘나들 수 있는 시간 요원, 즉 '템포럴'은 한 남자를 과거의 한 때로 데리고 갑니다. 템포럴이 과거로 데리고 간 남자는 오랫동안 여자인 제인으로 살면서 아이까지 낳았다가 남자인 존이 된 불행한 사람입니다. 템포럴 덕분에 불행이 시작된 때로 되돌아가게 된 존은 자신의 인생을 망가뜨린 원흉을 만나게 되지요. 하지만 그 사람을 만나면 '반드시 죽이겠다'고 결심한 존은 실패하고 맙니다. 과거의 삶을 다시 살아보니 자신의 불행이 평생을 원망했던 그 사람 때문이 아니었음을 알게 된 것이죠. 그리하여 삶은 또다시 순환을 반복합니다.

불행의 씨앗이라고 생각했던 과거를 고치지 않았기에 예정된 현재의 불행은 어김없이 찾아왔습니다. 죽지 않은 한 반복하고 싶지 않은 윤회, 시시포스의 저주가 생에서 계속되는 지옥. 템포럴이 말했던 '자기 꼬리를 먹는 뱀' 우로보로스의 운명이 제인 혹은 존이 맞닥뜨린 현실 그 자체였던 것입니다.

존은 왜 그런 선택을 했던 걸까요. 끊을 수 있었는데도 왜 끊지 못했을까요. 그것은 '자신을 향한 사랑' 때문이었습니다. 고아원에 버려져 외톨이로 유년 시절을 보내고, 단 하나의 꿈이었던 우주 비행사가 되는 것마저 허락되지 않던 제인에게 세상은 참으로 감당하기 벅찼습니다. 사랑했던 남자에게 버려진 것도 모자라 아기를 유괴당한 뒤 남자가 되어야 했던 여자에게 현실은 어떻게 느껴졌을까요. 타인의 행복을 위해 불행한 들러리가 되어야 하는 존재가 있다면 그건 분명 자신일 거라고 생각할 수밖에 없었지요. 그런데 과거로 돌아가 다시 만나 본 제인은 '꽃' 같았습니다. 수없이 가시에 찔려 상처투성이였지만 더없이 붉고 화려한 장미꽃이었습니다. "너 정말 아름답구나! 그걸 누군가 진즉 말해줬어야 하는데…."라며 감탄하는 존. 그리고는 찬란한 광휘로 가득 찬 그 시절의 나와 사랑에 빠지는 아이러니가 시작됩니다.

시간 역설은 그래서 불행이라 여겼던 과거가 결코 불행만이 아니었음을 확인하는, 오히려 과거의 자신을 통해 현재의 자기 모습을 더욱더 사랑할 수밖에 없다는 걸 깨닫는 여정이 됩니다. 하지만 여기에 또 다른 역설이 존재합니다. 현재의 나는 미래의 자신을 어떻게 볼 것인가! 완벽한 수용과 포용이 가능했던 과거처럼 미래의 내 모습도 나는 온전히 사랑할 수 있을까, 하는 문제에서 존은 선택의 갈림길에 섭니다.

"네가 날 죽이면 넌 다시 내가 되고 말아. 이 사슬을 끊고 싶다면 날 죽이지 마! 되레 날 사랑해봐!" 미래의 나는 현재의 나에게 애원합니다. 제발 자신을 사랑해달라고. 과거의 나에게는 그 어떤 조건 없이도 한없는 연민과 애정이 샘솟았는데 (심지어 아기 때의 자신에게는 "너는 내 생애 최고의 축복이야!"라고 말하면서) 미래의 나에게는 어찌 그리 야박할 수 있을까요. 현재의 나, 존은 혼란스럽습니다. 미래의 내가 결코 원하지 않았던 모습으로 현재의 나와 조우한다면 어떨지 생각해보세요. 고개를 절레절레 흔들며 상상조차 거부할지도 모릅니다.

미래를 향해서는 왜 자기애가 발생하기 어려울까요. 쭈글쭈글 볼품없는 외모 때문에? 유한한 생명체의 허무함? 잉여 인간이 된 것 같은 존재적 무력감? 예상한 대로 미래의 나는 비참한 모습입니다. 감독은 그런 미래의 나를 쉬이 용서하지 못합니다. 과거의 나를 대하듯 미래의 나를 안아주지 않지요. 끝내 버립니다. 그러나 그것은 절대 포기가 아닙니다. 대신 현재의 나에게 새로운 미션을 부여하니까요. '저 모습이 네가 바랐던 네가 아니라면 자, 다시 한 번 기회를 주겠어. 새로운 너를 만들어봐!' 하는 것처럼 끝내 자기를 소멸하게 한 뒤 생의 가장 중요한 것은 '선택'과 '의지'라는 걸 말해줍니다.

"모든 건 다 예정된 것 같지 않아요?"

여러 번 반복되는 이 대사는 같은 맥락의 유도 신문입니다. 영화의 원제는 '숙명', '운명 예정설'이라는 뜻을 가진 'Predestination'인데요. 제목 역시 역설입니다. 운명에 기대고 싶어 하는 우리에게 여러 번의 반전을 통해 실은 정해진 것은 없다고, 인생의 우연성을 필연성과 결부시키지 않겠다는 감독의 분명한 의도가 전해집니다. '표면적으로는 모순을 일으키지만, 실질적으로는 진리를 담고 있는 표현법'이란 뜻의 패러독스와 일맥상통하지요.

'내가 원하는 나'를 만나기 위한 방법

시간에 대해 어떤 생각을 하고 있나요? 타임슬립 영화를 본 김에 시간에 관한 이야기를 조금 더 해보지요. 우리는 대체로 시간을 유일하고, '과거-현재-미래'의 직선을 향하며, 그 어떤 것에도 영향을 받지 않은 채 시계가 측정한 대로 규칙적이고 일정하게 흐른다고 인식합니다. 이에 따라 과거는 정해졌고 미래는 열려있다고 봅니다. 하지만 과학적으로는 이 모두가 틀렸다고 밝혀졌습니다.

시간에 관한 책을 몇 권 읽어보니 결론은 같았습니다. 시간은 없다! 특히 장 아메리의 《늙어감에 대하여》에서는 제2의 스티븐 호킹으로 불리는 이론 물리학자 카를로 로벨리가 《시간은 흐르지 않는다》에서 설명한 열역학 제2법칙(엔트로피 법칙)에 따른 시간에 관한 개념이 정확히 설명되어있었습니다.

이 법칙에 따르면 우주의 일반적 경향이 무질서가 커지는 쪽으로 나아가는 것처럼 시간은 오로지 모든 존재의 소멸을 향해 나아갈 뿐이며, 엔트로피의 증가가 우리가 경험하는 시간의 흐름이라고 합니다. 과학으로 접근하는 시간의 개념이라 좀 어렵습니다만, 《늙어감에 대하여》는 시간에 관한 통합적인 이해를 통해 '늙어감'을 자세히 고찰하고 있습니다.

그렇다면 다시, 시간은 뭘까요. 아메리는 이렇게 말합니다. 그것은 '살아낸 시간', '기억하는 시간', '되찾은 시간'이라고 말입니다. 저마다 전적으로 홀로 소유하는 게 시간입니다. 그리고 우리가 시간을 발견하는 때는 다름 아닌, 늙어가면서입니다.

노인은 많은 시간을 가지고 있지 않다. 그 자신이 시간이다. (…) 늙었다는 것 혹은 늙어간다는 것을 감지한다는 말은 요컨대 몸, 그리고 우리가 영혼이라 부르는 것 안에서 시간의 무게를 느낀다는 뜻이다. (…) 인생을 자신 안에, 그러니까 진정한 시간을 자신 안에 가진 사람은 기억함이라는 내화의 기만적 마력을 이미 충분할 정도로 맛보았다. 그래서 늙어가는 사람은 자신 안에 쌓인 시간을 인생으로 기억한다. (…) 노인은 전적으로 시간을 살아가는 존재자이자, 시간의 소유자이며, 시간을 인식하는 사람이다.

　노인은 '시간 속의 나'입니다. 여기서 중요한 것은 바로 '기억'인데요. 노인은 살아낸 시간을 기억함으로써 진정한 자기 자신이 될 수 있다는 것입니다. 흔히 말하는 '라떼는 말이야'가 노인이 되어가는 사람들의 전용어일 수밖에 없는 이유이지요. 그것은 기억을 통해 사회적 자아를 재형성하거나 새롭게 해석하는 그들만의 처절한 몸부림입니다. 무망한 시도라고 매도당할지라도요.

　안타까운 것은 노인은 노화를 겪으며 자기 소외, 자기 부정, 자기혐오를 느낀다는 것입니다. 얼굴에 생긴 검은 반점, 관절이 상한 다리, 불규칙한 심장의 박동, 자주 뒤틀리는 위장 등

몸은 하루하루 고통을 경험합니다. 이미 크고 작은 변화를 감지하는 육체는 낯설게 다가옵니다. 아메리는 '나 아닌 나'가 되어가는 것을 확인하는 과정이 노화의 진실이라고 말하는데요. 그 과정에서 나이지만 나이고 싶지 않은 '나 아닌 나'가 바로 소외, 부정, 나아가 혐오로 이어지는 것입니다.

아메리는 '나 아닌 나'를 불편하게 보는 시선은 사회적 인간으로 학습한 내면화에서 기인하는 것으로 봅니다. 내가 나 자신을 연민으로 바라보는 것은 세계 혹은 사회 속에서 나를 보는 이웃의 반응에 내 감정을 투영한 결과라고요. 사회의 눈으로 자신을 바라보기 때문이라는 것이지요. 관계에서 벗어날 수 없는 사회적 자아의 어쩔 수 없는 한계입니다. 그런 '나 아닌 나'는 자신에게는 새로운 자아의 탄생이기도 하지만 동시에 기존 세계로부터 거부당하고 추방당한 존재입니다. 이런 상황에서 인간은 늙어가는 혹은 늙어버린 자신을 쉽게 수용하거나 사랑할 수 없게 됩니다. 아메리는 이 상태가 '비참함'과 '불행함'이라는 단어로 압축되는 감정이라고 말합니다.

반면 젊은이는 시간을 시간으로 느끼지 못하고 '세계 혹은 공간'으로 인식한다고 말하는데요. 그들에게 시간은 공간에서 움직이는 것, 어디선가 불쑥 나타나 인생으로 들어오는 것이어서 그들은 세계 혹은 공간 안에서 벌어지는 사건을 기다

린다고 합니다. "그(젊은이)에게는 세상이 활짝 열려 있다."라는 말이 관용 표현으로 쓰이는 이유가 바로 그 때문입니다. 영화에서 제인이 그토록 우주 비행사가 되고 싶어 했던 것도 이런 맥락으로 이해할 수 있습니다. 비록 꿈은 실현되지 못했지만, 자기 능력을 처음 인정받았던 곳을 세계 혹은 공간으로 인식했던 것입니다. 그런 자신이야말로 진정한 '세계 속의 나'인 것입니다. 존이 되고 나아가 템포럴 요원으로 거듭나면서 그녀(제인) 혹은 그(존)가 추하게 늙어버린 자신을 제거하는 감정을 이해할 수 있게 되는 것이죠. 그것이 불행의 반복을 의미한다고 해도 '세계 속의 나'로 영원히 존재하고 싶은 인간의 욕망이란 그런 것입니다. 유한성과 유일성을 지닌 인간의 숙원이 영생과 불멸이라 해도 그 영원성은 '젊음'을 전제로 해야 한다는 게 핵심입니다. 하루하루 고통으로 점철되는 육체는 나와 세계를 가로막는 장애물일 뿐이고, 사회적 시선으로는 '아무것도 아님'으로 치부되기 일쑤이지만, 사실 육체는 다른 의미, 훨씬 깊고 큰 가치를 지니고 있습니다.

> 이렇게 해서 몸은 감옥이 된다. 그러나 이 감옥은 마지막 안식처다. (…) 숨결을 고르고 다시 생각하면 몸은 인간이 지닌 가장 지극한 진정성이다. 결국에 가서 생명의 권리를 담보하

는 것은 언제나 몸이기 때문이다.

체념과 순응이 우리가 해야 하고 할 수 있는 최선이긴 하지만 아메리가 이것만 주장했다면 이 책은 우리를 깨우침이 아닌 절망의 나락으로 안내했을 겁니다. '시간 속의 나', 그러니까 늙어가는 자로서 살아가는 인생의 2막은 '세계 속의 나'였던 1막을 재조명하는 것으로 '반론' 혹은 '대답'의 행동이라고 아메리는 강조합니다. 자기 부정과 파괴에 대해 "알았다"고 인정하면서도 "안 돼!" 하고 저항해야 한다는 것입니다. 일견 '패러독스'처럼 느껴질 겁니다. 설사 이러한 태도가 이율 배반이라 해도 육체의 노화에 대해서는 어쩔 수 없이 순응해야 하지만, 노화해가는 육체에 가치와 애정을 쏟는 일을 스스로 먼저 포기해서는 안 된다는 게 그의 주장입니다.

정신적 노화에 해당하는 문화적 소외에 대해서도 똑같은 입장입니다. "타인의 습관적인 평가를 자기 내면으로 받아들이지 않으며, 그 평가에 굴복하지 않는 용기"로 저항을 정의하며 그것이 노인에게 주어진 유일한 기회, 진정 품위 있게 늙어갈 가능성이라고 피력합니다. '저항과 체념 사이에서'가 이 책의 부제인데, 아메리가 왜 '저항'을 '체념' 앞에 두었는지 이해할 수 있는 대목입니다.

우리는 되도록 빨리 미래의 자신을 상상으로라도 만나봐야 합니다. 아메리의 표현대로 "우리의 인생은 죽음이라는 경계 덕분에 가치를 가지"는데 "경계의 물음은 인간이 품어야 할 궁극적이고도 극단적인 존재 문제"이기 때문입니다. 이것이 바로 존의 마지막 선택, 왜 그는 늙어버린 자신을 버려야 했는가에 대한 의구심을 풀 열쇠입니다. 인생은 죽음으로 가치를 가진다. 이것이 해답입니다. 우로보로스 같은 생이 가치를 가지려면 '죽음'이 거울로 그 생을 비춰주어야 했던 것이지요. 존이 존을 죽임으로써.

운명론을 믿는 사람들이 있습니다. 어떤 선택을 하든, 어떤 의지를 갖든 그마저 예정된 숙명일 수 있겠지요. 그러나 저는 '가능성'에 무게를 두고 싶습니다. 이제 제인과 존이 아닌 우리 각자가 증명해내야 합니다. 부디 그 증명이 성공하여 여러분의 황혼이 인생에서 가장 황홀하고도 아름다운 시기가 되면 좋겠습니다.

〈타임 패러독스〉 Predestination, 2014
감독 : 마이클 스피어리그, 피터 스피어리그
출연 : 에단 호크, 노아 레일러, 사라 스누크
장르 : SF/스릴러
등급 : 15세 관람가
러닝타임 : 97분

《늙어감에 대하여》 Über das Altern, 1968
장 아메리 지음 / 김희상 옮김 / 돌베개

$$\boxed{\text{두려움}}$$

죽음에 익숙해지는 훈련이 필요합니다

by 〈스트레인저 댄 픽션〉&《존재와 시간》

살면서 죽음에 대해 생각해보지 않은 사람은 없을 겁니다. 그런데 우리가 생각하는 죽음은 대체로 '타인의 죽음'인 경우가 많습니다. 죽음은 누구에게나 피할 수 없는 일이라는 걸 알면서도 내 죽음은 아직 멀리 있다고 여기는 것이지요. 그러나 "죽음은 언제나 저마다의 죽음으로서 존재한다."고 한 하이데거의 말처럼 모든 죽음은 대리할 수 없는 개별적 죽음입니다. 팬데믹을 겪으면서 대부분의 사람이 이 개별적 죽음을 추체험했을 것입니다. 누구나 겪는 일이지만 내 차례는 아니었던 죽음이 실감 나는 현실로 다가온 것이지요. 하이데거가 '죽음으로 미리 가 봄'을 통해 궁극적으로 실현하기를 바랐던 '본래적 자기와의 만남'까지는 아니더라도, 죽음이 타인이 아

닌 자기 것임을 인식하게 한 대단히 유의미한 전환이었습니다. 〈스트레인저 댄 픽션〉의 해롤드처럼요.

이를 닦을 때 76회를 세고, 넥타이는 싱글 매듭만 고집하고, 출근 버스를 타러 가는 동안 걸음 수를 헤아리고, 정확히 8시 17분 버스만 탑승하는 이 일을 해롤드는 12년 동안 똑같이 해왔습니다. 그러니 그의 곁엔 사람이 없습니다. 혼자서 밥을 먹고 혼자서 커피를 마십니다. 모든 곱셈을 암산으로 하는 숫자 천재답게 묵묵히 그의 곁을 지키는 건 손목시계 하나뿐. 그런 손목시계가 멈춰버린 어느 날, 그의 인생은 예측할 수 없는 나락으로 곤두박질칩니다.

"목소리가 날 쫓고 있어. 여자 목소리가 날 쫓고 있다고!"

강박증에 이젠 정신분열증까지 생긴 걸까요. 시계가 멈춘 그날 이후, 자기 행동 하나하나를 해설해주는 어떤 여자 목소리가 계속해서 그의 귀에 들려옵니다. 마치 한 투명인간이 옆에 딱 붙어 '넌 방금 어떤 행동을 했어. 넌 지금 무슨 생각을 하고 있어' 하며 쉴 새 없이 떠드는 형국이지요. 그러나 그 사람은 투명인간이 아니라 바로 카렌 아이플이었습니다. 그녀가 쓰고 있는 새 소설의 주인공 해롤드가 자신의 해설을 듣고 있는지 짐작도 못한 채 이야기를 써 내려가는 중이었죠. 그리고 시계가 멈추던 날 그를 지옥으로 끌어내린 목소리가 말한 내용은 다름 아닌 해롤드의 죽음을 예고한 것이었습니다.

그에게 필요한 사람은 정신과 의사가 아니라 문학 교수였습니다. 힐버트 교수는 당최 믿을 수 없는 해롤드의 사연을 듣고 이렇게 얘기합니다.

"소설가 칼비노는 이런 이야길 했지. '모든 소설이 내포하는 궁극적 의미는 2종류다. 삶의 연속성과 죽음의 필연성' 비극이면 자넨 죽는 거고 희극이면 결혼을 하게 되는 걸세."

그들이 찾아야 할 소설가가 일관되게 비극만 쓰는 카렌 아이플인지도 모르고 힐버트 교수는 이런 의미심장한 말을 던지며 해롤드에게 이 이야기가 희극일 수도 있다는 희망을 심어줍니다. 해롤드가 희망이라 믿고 싶었던 이유는 그즈음 막 한 여자를 좋아하게 됐기 때문이지요. 그 희망의 상대인 애나 파스칼은 해롤드에게 세무 조사를 받고 있는 파티시에인데요. 엄밀히 말하자면 해롤드의 세무 조사 결과에 따라 교도소에 갈 수도 있어 애나 입장에서는 해롤드와의 만남이 악연이었습니다. 하지만 해롤드가 그녀에게 첫눈에 반했으니 둘의 미래는 희극과 비극의 경계에 놓인 아슬아슬한 상태였지요.

시간이 흐를수록 목소리의 이야기는 해롤드가 통제할 수 없게 되었습니다. 이를 안 힐버트 교수는 차라리 운명을 받아들이라고 조언합니다. 어차피 진행될 이야기라면, 그러니까 곧 죽음이 닥칠 수밖에 없는 게 기정사실이라면 모든 생각을 멈추고 삶을 모험으로 채우라고 말입니다. 지금이야말로 진정 꿈꿔온 삶을 살 때라는 얘기였지요. 선택의 여지가 없는 해롤드. 처음으로 자신의 마음에 집중하고 갈구했던 삶의 지향점과 마주합니다. 어릴 때부터 욕망했던 기타를 사고 용기를 내어 애나에게 사랑을 고백하지요. 이전처럼 칫솔질 횟수나 걸음 수를 세는 일 따위는 없습니다. 넥타이도 매지 않고요. 혼자서 식사하는 일도 없습니다.

안타깝게도 해롤드가 자신의 변화한 삶에 만족해하는 것과는 반대로 카렌 아이플은 결말을 찾고야 맙니다. 비극만 쓰는 작가답게 해롤드를 '아름답게' 죽일 방법을 고안해낸 것이지요. 그녀는 소설이 끝나갈 무렵 해롤드의 실제 삶이 소설의 전개대로 펼쳐지는 것을 알게 되었습니다. 그런데도 그녀는 자기 뜻대로 비극으로 결말을 내버리고, 힐버트 교수도 영원히 남을 작품의 가치를 위해 그 결말을 받아들이라고 해롤드에게 종용합니다. 이제야 인생의 참맛을 느끼고 사랑마저 무르익어가고 있었는데…. 예기치 않게 들이닥친 죽음의 순간을 피해갈 방법은 없어 보입니다. 그는 순순히 죽음을 수용하기로 합니다. 주변 정리를 말끔히 끝내고 애나의 세무 조사도 마무리해놓는 해롤드. 마침내 운명의 그날, 그는 마지막 출근길에 나섭니다.

"이 이야기는 '해롤드 크릭'이라는 남자와 그의 '손목시계'에 관한 것이다."

영화는 이렇게 시작합니다. 깜짝 놀랐습니다. 바로 《존재와 시간》이 떠올랐기 때문입니다. 해롤드 크릭이라는 '존재'와 손목시계로 형상화한 '시간성'이 그대로 적시됐으니까요. 아니나 다를까 영화와 책의 메시지는 완벽하게 똑같았습니다. 필시 감독이 이 책을 그대로 영화화한 것이 아닐까 하는 생각이 들었지요.

《존재와 시간》은 실존에 근거한 인간 존재를 시간의 관점으로 조명한 하이데거의 걸작입니다. 한 번에 이해하기 어려운 난해한 책으로 유명하지만 몇 가지 중요한 용어를 알고 나면 어떻게 이런 사유가 가능한지 탄복하며 곱씹게 되는 고전입니다. 세상 사람(세인)과 세계(현실)에 휩쓸려 자기 자신을 잃고 살아가는 사람들에게 본디의 자신을 찾고 유한한 삶을 의미 있게 살아가라고 설파하는 하이데거의 목소리는 제1차 세계대전 후 혼란의 시대를 살던 당시 사람들은 물론 지금의 우리에게도 똑같은 공명을 주고 있습니다.

> 타인의 지배 아래에 놓여있는 일상 세계로부터 떨어져 나온 유한하고 고독하며 불안으로 가득 찬 세계 그곳이야말로 우리의 본래적 세계이며 그곳에서 비로소 우리는 존재의 의미를 밝힐 수 있다.

하이데거가 인간이라는 단어를 대신해 우리를 지칭하는 말은 '현존재'입니다. 자신의 존재를 문제 삼는 존재를 말합니다. 즉 자기 자신에 관해 물음을 던지고, 존재에 대한 문제의식을 느끼는 인간을 총칭하여 현존재라 부릅니다. 현존재는 '실존' 상태로 있는데요. 실존은 사물을 비롯해 다른 존재와 관계를 맺고 사는 것을 뜻합니다. 버스와 나, 시계와 나, 커피와 나 등 기능적 연결이든, 상호교감할 수 있는 의미론적 연결이든 이 세상에 단독으로 존재하는 것은 아무것도 없습니다. 현존재는 그렇게 실존을 통해 자기 자신을 이해합니다. 또한 현존재는 '세계-내-존재(世界內存在)'로 실존하는데요. '세계'란 우리가 몸담고 살아가는 현실 세계이고, '내-존재'란 세계에 관계하며 융화된 상태를 말합니다. 모든 현존재는 **세계-내-존재**라는 공동 존재로 살아가고 있습니다. 공동 존재란 타자와 더불어 있는 존재입니다. 그러니까 '세계-내-존재라는 공동 존재'는 현실 세계에 융화된 상태로 타자와 더불어 있는 현존재를 말합니다. 일상적인 *세계-내-존재*는 비본래적 자기로서, 대부분의 현존재는 고유한 본디의 자기가 아닌 세상 사람의 일부로 살다가 죽습니다. 하이데거가 안타까워했던 부분입니다.

앞선 말처럼 하이데거는 우리 존재의 의미를 밝힐 수 있는 본래적 세계를 유한하고 고독하며 불안으로 가득 찬 세계라고 못 박고 있습니다. 본래적 자기를 찾기 어려운 이유입니다. 그 누구도 고독하며 불안해지고 싶지는 않을 테니까요. 세계-내-존재는 대체로 자신이 비본래적 자기로 살아가는 것조차 인식하지 못하는 때가 많습니다. '퇴락'해 있기 때문입니다. 퇴락은 본래적 자기에게서 벗어나 세속적 가치를 지닌 세계에 몰입된 상태를 말합니다. 즉 세계 속에 퇴락한 *세계-내-존재*가 스스로를 은폐한 채 안심하며 살아가고 있습니다. 충실하고 성실한 삶을 살고 있다며 스스로 위안을 삼지만 실제로 그것은 자기 소외라고 하이데거는 말합니다.

그런 상태의 현존재를 각성시키는 것이 두 가지 있습니다. '불안'과 '양심'입니다. 불안은 시간성에 근거하는데요. '유한하다'는 사실이 바로 현존재에 부여된 시간성의 개념입니다. 불안은 죽음과 직결되어있는 개념이기도 합니다. 시계가 멈춘 것을 안 해롤드가 동료에게 물어 6시 18분으로 시각을 맞추려 하자, 목소리가 말합니다. "그는 거의 알지 못했다. 해(害)될 것 없는 이 간단한 행위가 그의 급박한 죽음을 초래하리라는 사실을."이라고요. 죽음을 예고한 그 목소리를 듣고부터 해롤드는 불안에 포위됩니다.

하이데거는 불안이야말로 인간의 근원적 심경으로 현존재를 퇴락으로부터 돌아서게 하는 결정적인 역할을 한다고 설명합니다. 편안하게 지탱하던 일상성을 파괴하여 현존재의 궁극 목적이자 고유한 존재 가능성으로 향하게 만든다는 것이지요.

불안한 심경만으로 이것이 이루어지는 것은 아닙니다. 양심이 호소하는 소리에 현존재가 반응해야 합니다. 해롤드의 경우는 카렌 아이플의 목소리가 불안을 제공했고, 힐버트 교수가 양심을 갖도록 이끌었습니다. "운명을 받아들여라, 벗어날 수 없는 우연 속에서 삶을 모험으로 채워라." 같은 말이 바로 양심에 호소하는 소리입니다. 하이데거는 양심을 가지려는 의지를 '결의성'이라고 했는데요. 해롤드가 결국 본래적 자기와 만날 수 있었던 것은 힐버트의 조언을 무시하지 않고 결의성을 가지고 실천했기 때문이라고 해석할 수 있습니다. 기타를 치겠다, 여행하겠다, 요리를 배우겠다 등 단순히 하고 싶은 것을 하겠다는 것이 본래적 자기와의 만남은 아니겠지요. 삶의 궁극 목적을 찾아야 합니다. 영화에서 나타난 해롤드의 궁극 목적은 애나 파스칼의 그것과 같습니다. 아니, 같아졌습니다. 해롤드가 그녀를 보고 배운 것이거든요.

애나는 하버드 법대에 들어갔다가 학업을 마치지 못하고 파티시에가 되었습니다. 에세이 때문에 '간신히' 입학할 수 있었다고 고백하는데요. 그 에세이는 '졸업 뒤에 세상을 어떻게 더 좋게 만들 것인가'에 대한 것이었다고 합니다. 학업 중에 스터디그룹 멤버들에게 간식으로 먹일 쿠키와 빵을 굽다가 자신의 진짜 재능, 그러니까 '세상을 더 좋게 만드는' 자신의 능력이 쿠키와 빵을 굽는 데 있다는 걸 알고 그 길로 들어섰다는 거예요. 그렇게 빵집 사장이 된 이후 그녀의 가게에는 이런저런 사람들의 발길이 끊이지 않습니다. 노숙자도 거리낌 없이 드나들 정도로요. 일상을 친근하게 공유하는 그들 모두가 그녀의 친구처럼 보입니다. 해롤드는 애나가 자신이 일하는 국세청을 '제국주의에 물든 돼지'로 규정하는 것에 반감을 갖지만, 세금으로 내야 할 돈이 쿠키와 빵으로 전환되어 여러 곳에 기부되는 것을 보고 끝내 그녀의 마음에 동화되고 맙니다. 결국 그의 입에서 이런 말이 튀어나오지요.

"나도 세상을 보다 좋게 만들고 싶어요, 애나!"

하이데거는 죽음의 특성을 "가장 고유하고 몰교섭적이며 극단적이고 뛰어넘을 수 없는 가능성"이라고 말합니다. 그렇게 죽음은 '확실한' 가능성입니다. 게다가 죽음의 확실성에는 시기가 정해져 있지 않다는 사실이 포함됩니다. 이것이 죽음의 '무규정성'입니다. 하이데거는 인간의 존재를 사유함에 있어 탄생과 죽음을 전체로 펼쳐놓고 이해하려고 시도를 했습니다. 그러나 그것이 곧 무망한 시도임을 인정합니다. "죽음이라는 것은 그것이 존재하는 한 본질적으로 나의 죽음이다."는 말이 함축하듯 죽음은 경험될 수 없으니까요. 타인의 죽음을 많이 경험했다고 해서 죽음을 이해할 수 있는 것은 아닙니다. 그래서 생각해낸 것이 바로 '죽음에의 선험'입니다. 죽음이 각 현존재에 막연하게 속해 있기만 한 것이 아니라 혼연한 일체로 경험되어야만 전체 존재로서의 실존론적 분석이 그나마 가능해지기 때문입니다.

'죽음에 임하는 존재'로서 가능성을 대하는 존재는, 이 존재에 있어서, 죽음이 '가능성'으로서 분명해진다는 방식으로 죽음과 관련될 것이다. 이런 방식으로 가능성을 대하는 존재를 '가능성 속으로 미리 가봄'이라 부르기로 하자. (…) 미리 가봄이란 고유하고 가장 극단적인 존재 가능함을 이해하는 가능성, 다시 말해 본래적 실존의 가능성이다. 이렇게 해서 '죽음으로 미리 가봄'의 구체적 구조를 밝혀낸다면, 본래적 실존의 존재론적 구성을 확인할 수 있을 것이다.

하이데거는 이 선험이 현존재를 극한의 고독 속에 빠트릴 것이라 예단하면서도 그 과정만이 현존재가 자기 스스로 존재 가능의 전체성을 깨닫게 할 확실한 방법이라고 말합니다. 해롤드를 통해서 우리는 이 확신에 찬 말을 이해할 수 있습니다. 소설을 통해 '시한부'를 선고받고 자신의 종말을 미리 알게 된 일은 해롤드에게 삶을 전복시킬 추동이 되었습니다. 모순적이게도 절망의 심연에서 삶의 본질, 앞서 표현한 '궁극목적'을 직접 행동하게 한 것입니다.

'삶의 거울은 죽음'이라는 진리는 많은 철학자가 입을 모아 말해왔지만, 하이데거의 주장은 공격적이면서 동시에 따뜻한 제안이라고 생각합니다. 인간 존재의 파노라마를 더욱 심대하고 포괄적으로 바라보고 있다는 점에서 그렇습니다. 그는 미리 가봄이라는 선험을 통해 본래적 자기를 만나는 것을 본원적 목표로 삼고 있지만 그것은 언제나 '실존'에 근거해야 한다고 말합니다. 방점은 '실존'에 있습니다. 하이데거는 '자신'이란 어디까지나 세계-내-존재로서 존재하는 나를 가리킨다고 분명히 말합니다. 그러니까 일상적 세계-내-존재가 대개 비본래적 자기인 것은 맞지만 그것을 벗어던지라는 것도, 야인이 되어 저 홀로 본래적 자기를 찾아내라는 것도 아닙니다. 나의 실존과 다른 것들의 실재성이 만나는 가운데 자신만의 고유한 존재 가치를 쟁취하라는 의미입니다.

영화는 시작에서 그랬던 것과 마찬가지로 끝에서도 저를 또다시 놀라게 했는데요. 하이데거의 말이 카렌 아이플의 입을 통해 그대로 읊어졌기 때문입니다. 세상의 모든 것과 '관계'를 맺으며 유의미하게 다가오는 순간이야말로 우리의 진정한 삶의 모습이라고 말한 하이데거의 말 그대로를 카렌 아이플이 이렇게 명징하게 표현해주었답니다. 천천히 문장을 음미해보길 바랍니다.

"사람들은 이 모든 것을 기억해야 한다. 우린 뉘앙스, 비일상성, 미묘함 같은 건 일상 속의 '작은' 부분에 지나지 않는다고 여길지도 모르지만, 사실은 '보다 크고 고결한' 원인으로 존재한다. 우리의 생명을 구하기 위해 존재하는 것이다. 이런 생각이 이상하게 느껴진다는 걸 나도 안다. 하지만 이런 일은 자주 발생하며 사실로 판

명되고 있다. 이 책에서도 그랬다. 손목시계가 해롤드 크릭을 구

했다."

〈스트레인저 댄 픽션〉 Stranger Than Fiction, 2006
감독 : 마크 포스터
출연 : 윌 페렐, 매기 질렌할, 더스틴 호프만, 엠마 톰슨
장르 : 판타지/코미디
등급 : 12세 관람가
러닝타임 : 113분

《존재와 시간》 Sein und Zeit, 1927
마르틴 하이데거 지음/이기상 옮김/까치

2부

생존의

문제부터

채우는 문제까지

무너진 일상을
돌아보다

당연한 줄 알았던 우리의 일상.

그것이 무너진 양상은 제각각이었지만 대다수의 사람이

겪었던 가장 큰 고통은 생계의 위협과 파괴였습니다.

밥만 먹고 살 수 없다지만 밥이 최우선입니다.

먹고 사는 것의 엄중함을 모두가 절감했습니다.

배를 주리지 않았대도 순탄했던 삶은 없었지요.

모두의 발목이 묶였고, 배울 수 없었고,

마음의 여유를 잃었습니다.

우리가 잃고 잊었던 것들을 다시 찾을 수 있을까요.

되찾기 위한 첫걸음은 무엇일까요.

낙관적 시선이 하나둘 희망으로 모아지기를

by 〈소공녀〉&《노랑의 미로》

부끄럽습니다.

이 책이 가난을 소비하고 대상화해온 시선을 극복했다고 자신할 수 없습니다. '가난의 겉'만 핥아 편견을 강화했을지도 모릅니다. 사태 뒤 5년이란 시간이 흘렀습니다. 그동안 강제퇴거로 내몰렸던 9-2x 주민 마흔다섯 명 중 아홉 명(20퍼센트)이 사망했습니다. 생존해 있는 주민들은 변함없고 어김없이 가난합니다. 그 가난을 흠집 내지 못하고 구경하기만 한 이 책은 그러므로 실패의 기록입니다. 이 세계가 퇴치했다고 믿고 싶어 하지만 결코 사라지지 않을 '가난의 속'은 이 부끄러운 기록을 딛고 계속 탐구돼야 합니다.

다시 입구 앞입니다.

부끄럽다고 했습니다. 이런 글을 써놓고도 '부끄러움'을 말하고 있습니다. 아무나 할 수 없는 일을 해놓고도 '실패의 기록'이라고 고백했습니다. 우리나라에 진짜 기자가 있다는 걸 확인시켜주고도 '다시 입구 앞'이라고 했습니다. 《노랑의 미로》의 저자인 이문영 기자는 5년 동안 동자동 주민 마흔다섯 명의 삶에 들어간 사람이었습니다. 말한 것처럼 그가 그들의 가난을, 그들의 생을 구경만 한 것은 아니었습니다. 무엇이 그를 그곳으로 이끈 것인지는 밝히지 않았습니다. 어쩌면 강제 퇴거라는 '사건'이 그 시작이었는지 모릅니다. 단순하게 말하자면 기삿거리. 그런데 이문영은 결국 사건에서 '일상'으로 건너갔습니다. 그는 말했습니다. "가난은 강제 퇴거란 사건에 있지 않고 강제 퇴거 이후의 일상에 있다."라고요. 그래서 "쫓겨나는 사건보다 무서운 사태는 쫓겨난 뒤의 삶"이라고요. 1, 2, 3, 4 순차적으로 이어지던 목차 번호의 마지막은 68이어야 했지만 ∞(무한대)였습니다. 오랫동안 곱씹어 봤습니다. 왜 무한대 기호를 선택했는지를요. 가난의 경로에서 이탈하는 유일한 길은 바로 죽음뿐임을 알게 된 저자가 혼자의 힘으로는 가난의 미로를 해체할 수 없다고 절규하는 것이 아닐까, 현실에서 그들의 일상을 변화시키지 못할 것이라면 이 이야기를 절대 끝내지 않겠다는 결의이자 선포라는 생각도 들었습니다.

이 책을 실패의 기록으로 기억하고 싶지 않습니다. 이 책은 더 많은 사람이 읽어야 할 책이며, 기어이 성공의 기록으로 남아야 할 책입니다. 이문영 기자의 절박한 외침에 동참하는 길이 무엇일까를 생각하다 저는 영화 〈소공녀〉의 주인공 미소를 떠올렸습니다. 미소가 마음속에 들어온다면 우리는 이문영의 말과 글을 더욱 가까이에서 듣고 읽게 될 것이라는 기대가 생기더군요.

집이 없어도 생각과 취향은 있어

유니크한 그녀. 무엇이 그녀를 그토록 독특하게 만들었을까요. 가사도우미를 직업으로 선택하고 "제 직업은 가사도우미예요!"라고 당당하게 말해서? 젊은 나이에 머리가 백발로 변해가서? 그녀가 특별한 이유는 사랑하는 것들을 끝까지 놓지 않고 사랑해서입니다. 조건이 붙을 수도 포기할 수도 없는 것이 사랑입니다. 잘 곳이 없고 약 살 돈이 없어도 마음의 안식처가 될 수 있다면 그것으로 충분합니다. 담배, 위스키, 남자친구 한솔. 미소에겐 이 '세 가지'만 있으면 되었습니다. 이 세 가지를 위해서 다 버린 대가로 그녀는 특별해질 수 있었습니다. 가난한 그녀지만 스스로 더 가난해지는 것을 선택했고 그래서 역으로 충만해졌습니다. 가난을 미화하여 충만이라 표현한 것이 아닙니다. 그녀는 확신에 차 있지만 우리의 시선은 그렇지 못할 것을 알기에 하는 말입니다. 이문영은 말했습니다. "그들은 가난해서 가난하다기보다 가난을 바라보는 가난한 시선 때문에 더 가난해졌다."라고요. 그러니까 진짜 문제는 미소가 아니라 우리에게 있는 것입니다. 그녀의 충만을 우리는 방해하고 있습니다.

"내가 그렇게 이상한 건가?"라는 미소의 질문에 대학 밴드부에서 베이스를 맡았던 친구 최문영은 "스탠더드는 아니지."라고 했고, 기타를 쳤던 최정미는 "난 네가 염치가 없다고 생각해. 네가 제일 좋아하는 게 술, 담배라는 것도 솔직히 진짜 한심하고…."라고 했습니다. 오갈 데 없으니 그냥 나랑 결혼하자는 보컬 김록이에 이르러서는 할 말이 없습니다. 우리 주위에도 온전히 미소를 이해할 사람은 많지 않을 것입니다. 밴드부 동료들의 말 중에 하나쯤은 분명 우리 마음에서도 똑같이 나오는 소리일 테니까요.

물론 그녀는 가난합니다. 돈도 없고 집도 없습니다. 잘 곳도 없어 떠돌아다니다가 집 보증금을 벌어보겠다고 대학 시절 친구와 선후배들을 찾아갑니다. 학생 때 다단계에 들어가

빚을 졌다가 미소의 도움을 받았던 최정미는 반듯한 집에서 부자로 살지만 '염치'와 '한심'이라는 단어를 언급해가며 미소에게 상처를 줍니다. 오히려 미소를 가장 환대한 친구는 제일 고생하며 사는 키보드 담당 정현정입니다.

밴드부 활동을 할 때 친구과 선후배들은 미소의 자취방을 무시로 드나들었습니다. 방은 좁지만 친구들이 와서 자고 가는 걸 미소는 진심으로 반겼습니다. 그래서 친구들도 자기 마음과 같으리라 생각했나 봅니다. 미소가 살면서 뭔가를 잘못했다면 모두가 자기 마음 같지 않다는 걸 몰랐다는 것이겠지요.

참 이상합니다. 영화를 볼 땐 잘 느껴지지 않던 감정이 다 보고 나니 천천히 올라옵니다. 초반엔 미소가 민폐를 끼치는 사람으로 보였습니다. 미소가 찾아간 사람들 또한 사연이 있으니까요. 돈이 많든 적든, 기혼자든 미혼자든 십자가를 지지 않은 사람이 없습니다. 삶의 고통은 공간의 유무나 물질의 양과는 상관이 없으니 그런 그들에게 그녀가 짐이 될 수도 있겠다 싶었지요. 그런데 미소는 선물만 잔뜩 주고 간 산타였습니다. "친구야! 네가 얼마나 멋진 사람이었는지 알지?" 자신도 잊고 살던 그 모습을 생각나게 해준 산타. 그녀가 더 멋진 건 그 선물을 자신한테도 주고 살았다는 것입니다. 고단했던 하루의 끝에 마시는 한 잔의 위스키, 그리고 담배가 자신에게 주는 선물이었습니다. "죽지 못해 산다면 사는 동안만이라도 살아 있을 이유가 필요했다."고 말한 9-2x 204호 주민 양진영처럼 그 선물은 미소에게 살아 있을 이유 같은 것이었는지도 모릅니다. 그러니까 함부로 재단하거나 예단하지 말자고요. 끝내 한강 다리 밑에 텐트를 치고 살게 된 그녀가 행복할지 불행할지를.

다만 생각해볼 것은 '혹시 그녀를 그렇게 내몬 게 다름 아닌 나는 아니었을까'에 대한 것입니다. 내가 친구였다면 미소를 반갑게 맞이했을까, 며칠을 재워줬을까, 눈치를 줬을까, 내 고통을 토로하기 전에 그녀의 사정이 어떤지 진심으로 물어봐줬을까, 내 집을 나간 후에 그녀의 안부가 궁금하긴 했을까….

불행은 오직 불행한 자들의 몫인가

가난은 어디에나 있지만 어디엔가 모여 있다. 어떤 가난은 확산되지만 어떤 가난은 집중된다. 가난이 보이지 않는 것은 숨겨지고 가려지기 때문이다. 그 가난의 이야기가 노란집에 있었다.

동자동 9-2x. 칙칙한 회색의 무채색만이 가득한 동네에서 홀로 현란한 노랑을 갖게 된 건물. 고여서 굳는, 흐르지 못하고 퇴적되는, 흩어져도 다시 모이는 가난이 그 안에 있었습니다. 그 속은 이전보다 훨씬 더 복잡한 미로가 돼버렸는데, 진실을 더욱 꼭꼭 숨기고 가리기 위해 일부러 화려한 옷을 입힌 걸까요. "노랑의 미로는 '비릿한 검정의 속임수'다!" 이문영은 기어이 이렇게 토해버립니다.

2015년 2월 5일, 9-2x 건물에는 '노란 벼락'이 내리쳤습니다. 방마다 붙은 노란 바탕 쪽지의 빨간색 글자는 말했습니다. 보수 공사를 위해 모두 강제 퇴거를 해야 한다고요. 가난한 사람들이 할 수 있는 일은 무엇이었을까요. 고아이거나 고아처럼 버려졌던 어린 시절, 부모에게 받은 것이 오직 가난뿐이어서 배움도 없고 인맥도 없고 당연히 빽도 없는 그들이 평생 살아온 곳은 전쟁터 한가운데. 형제복지원으로, 선감도로, 실미도로, 삼청교육대로, 이라크, 베트남전쟁에까지 어디서든 흔들면 흔드는 대로 흔들려왔습니다. "자주 흔들렸다고 해서 흔들리지 않는 기술이 생기는 것도 아니었다. 평생 흔들려왔으므로 그들은 가장 잘 흔들리는 사람일 뿐이었다. 그들이 무서워하는 것은 다시 흔들리는 것이 아니라 흔들 때마다 흔들리는 것 외엔 다른 방법이 없는 삶의 되풀이였다."고 이문영은 전해줍니다. 그런 그들을 세상은 또다시 거칠게 흔듭니다. 그들의 보금자리인 9-2x에서 나가라고 말입니다. 퇴거 앞에 '강제'라는 말이 붙은 것은 그 내쫓음이 '무조건'이기 때문입니다. 그러나 '무조건'이라는 세 글자는 어디에서도 볼 수 없습니다. 가진 자들은 그 말을 감출 무기가 있으니까요. 보강 공사니, 보수 공사니 하는 빨간색 글자와 소유권, 재산권이라는 법적 용어들이 그 무기였지요.

쫓겨난 그들이 갈 수 있는 곳은 고작 100m 거리 안이었습니다. 가난은 모여 있기 때문입니다. 이문영의 표현대로 "대한(韓)민국에서 가장 대한(恨)민국스러운 동네"에서 조금 먼 곳으로 간 사람 중에는 결국 동자동으로 되돌아오는 이들이 많았습니다. 오래전에 머물던 곳에서 강제 퇴거당해 9-2x로 왔다가 여기서도 똑같은 일이 벌어져 이전에 자신을 내몰았던 곳으로 다시 들어간 이도 있습니다.

"난 갈 데가 없는 게 아니라 여행 중인 거야."라고 미소는 호기롭게 말했지만, 갈 곳이 없어 할 수 없이 하는 여행이었습니다. 철거와 강제 퇴거로 일상이 되어버린 동자동 주민들의 '이사'와 미소의 '여행'은 똑 닮았지요.

가난도 친구가 있다면, 그건 바로 질병입니다. 주민의 77.5%가 경험했던 풍찬노숙과 끌려갔던 곳에서 당한 고문은 그들의 몸과 영혼을 이승과 저승의 경계선에 자주 데려다 놓았습니다. 입원했거나 입관했거나. 오랫동안 보이지 않으면 둘 중 하나가 분명해서 그들은 서로의 안부를 직감적으로 알았습니다. 가난과 질병이 그만큼이나 친한 것입니다.

"약 안 먹으면 어떻게 되는데?

"으응. 백발 돼."

키보드를 담당하던 정현정과 무심히 나눈 대화였는데 그게 현실이 되었습니다. 미소의 머리는 전부 하얗게 변했습니다. 그리고 그녀는 결국 거리에서 잠자리를 해결해야 했습니다. 동자동 주민들이 자주 그랬던 것처럼.

꽃 피는 계절이 올 때마다 동네 주민들이 우수수 졌다. 겨울 동안 웅크렸던 생명들이 기지개를 켤 때쯤 겨울 동안 웅크렸던 긴장을 풀고 그들은 세상을 떴다. 환절기마다 죽음의 밀도가 높아졌다. 저승사자가 실적을 채우지 못할 때마다 들러 머릿수를 흥정하는 듯싶었다. 그들에게 계절이 바뀌는 시간은 살아남아야 하는 나날이었다.

이사가 일상이듯 죽음도 일상이었습니다. 한참 뒤에나 발견된 혼자 죽어간 이들의 방을 열면 "죽음이 콸콸콸 쏟아졌"습니다. 그들은 죽는 게 무섭지 않다고 했습니다. 다만 '방 안에서' 죽고 싶다고 했지요. 바꿔 말하면 방 안이 아닌 곳에서 죽는 건 무섭다는 말입니다. 무서운 게 또 있습니다. 죽을 때가 됐는데 뜻대로 못 죽는 것. 그래서 그들은 옆방에서 또는 위층에서 살다 간 누군가의 영정 사진을 마주할 때 '습관처럼' 놀라곤 했습니다. 죽음이 익숙한 동네에서 아무도 놀라지 않는 죽음만큼 쓸쓸한 죽음은 없는 것이어서, 그 놀란 척은 먼저 간 사람을 애도하는 그들만의 의식이라고 이문영은 알려주었습니다.

거리를 집으로 택한 미소의 선택은 단지 그녀의 선택이었을까요. 학자금 대출을 갚고 미소와 함께 살 집을 구하기 위해 3배 더 많은 월급을 준다는 사우디로 날아간 한솔이의 선택은 단지 그의 선택이었을까요. 그것은 내몰린 것이었습니다. 그들이 그렇게 할 수밖에 없도록 사람들이, 사회가 그리 만든 것이지요. 이문영은 이렇게 썼습니다. "국가는 희미하고 개인의 고통은 선명한 사회". 한솔이가 약속한 2년이 지나면, 그래서 그가 계획한 대로 5천만 원을 모으면 둘의 삶은 나아질까요? 저는 미소도, 한솔이도 노랑의 미로인 9-2x의 새로운 주민이 될 것 같습니다. 죽지 않고 살아있다는 증거이니 그것은 다행일까요. 나가지 '못한' 4명의 주민이 거주하고 있는데도 기어이 건물을 부숴 철거된 잔해에 머리가 깨지는 곳이라도 미소와 한솔이가 제 몸 하나 뉠 곳이라면 우리는 안도할 수 있는 걸까요?

공교롭게도 《노랑의 미로》 안에 실린 〈미소〉라는 제목의 글에 이런 구절이 있습니다. 박스 집이나 다를 게 없는 고물 텐트 안에서 미소가 내뱉는 말 같아서 이 구절을 읽을 때 제 마음이 꽤 저렸습니다.

> 지하철역 이동통로에 짓는 박스 집은 하루 단위로 만들고 부숴야 했다. 용산역 노숙인촌에서는 철거하지 않고 한동안 살 수 있었다. 쫓겨나는 일이 일도 아니었던 내겐 아무리 집 같지 않은 집이라도 부수지 않고 내쫓지 않는 집이 가장 집다웠다.

다행히 법원은 9-2x의 마지막 주민 4명이 제기한 공사 중지 가처분을 받아들였습니다. 노란 딱지가 붙은 지 7개월 만에 강제 철거는 중단되고 단전·단수도 풀렸지요. 서울시가 건물을 통째로 빌리는 방식으로 4년간 9-2x는 다시 동자동 주민들의 거처가 되었습니다. 안도하면서도 허망해했던 주민들의 마음을 헤아리듯 이문영은 이 결정을 이렇게 설명합니다.

손쉽게 다룰 수 있는 사람은 있을지 몰라도 손쉽게 치워질 만큼 가벼운 삶이란 없었다. 재산권은 재산이라곤 몸밖에 없는 사람들에 대한 법적 존중 위에서 보호되고 행사돼야 한다는 사실을 건물주 부부는 가볍게 여겼다. 그 사실을 자주 모른척해왔던 법도 그 사실을 모처럼 일깨웠다.

'모처럼'. 벼르고 별러서 처음으로 혹은 애써 오래간만에, 라는 사전적 의미를 지닌 단어. 그렇게 '모처럼' 법원은 가려지고 숨겨진 가난을 봐주었습니다. 늘 비관의 몫을 담당했던 그들이 난생처음 경험했을 이 낙관은 법원의 시선을 바꾸기 위해 애썼던 이문영 같은 사람들이 있었기 때문은 아니었을까, 조심스럽게 생각해봅니다. 분명 이문영은 고개를 젓겠지만 그렇게 믿고 싶습니다. 믿을 수밖에 없습니다. 가난이 많아진 우리 사회에서 가난이 아니라 마음이 모아지기를. 한 마음이 또 다른 마음을 견인하기를. 그래서 미소의 미래도 낙관할 수 있기를. 자연스레 이런 바람이 생기는 이유는 이 책을, 이문영이, 이런 마음으로 썼기 때문입니다. 고맙습니다, 이문영 기자님.

역사는 시선이고, 위치며, 태도다. (…) 누락 당한 개인들에게 역사는 검증되고 인증된 역사책이 아니라 그들의 뒤틀리고 편향된 몸의 기억 속에서 훨씬 사실적이고 생생하다. 그들의 공인받지 못한 기억 속에서 정의와 불의는 전혀 다른 모습으로 감각되기도 한다. 그들의 이야기는 사실과 허구의 경계가 뚜렷하지 않다. 사실과 허구가 등을 맞댄 곳만 진실의 거처는 아니다. 이 책은 '안의 역사'가 기억하지 않는 '밖의 이야기'를 기억하고 안의 역사가 인정하지 않는 밖의 이야기를 쓴다. 기억의 사실 여부를 검증하기보다 그들이 몸으로 통과해온 '다른 역사'를 다만 전하고자 한다.

〈소공녀〉 Microhabitat, 2017
감독 : 전고운
출연 : 이솜, 안재홍
장르 : 드라마
등급 : 15세 관람가
러닝타임 : 106분

《노랑의 미로》, 2020
이문영 지음 / 오월의봄

떠날 이유를 찾을 좋은 기회입니다

by 〈모터사이클 다이어리〉&《여행의 이유》

오랫동안 '여행'이 금지됐습니다. 여러 일상사 중에 '떠남'이 있었다는 걸 새삼 깨달은 시간이었죠. 나날이 커진 공간 이동의 간절함은 그리 자주 여행을 다니지 않던 사람도 꿈틀대게 만들고, 당장 어디라도 날아가고 싶게 했습니다.

> 기대와는 다른 현실에 실망하고, 대신 생각지도 않던 어떤 것을 얻고, 그로 인해 인생의 행로가 미묘하게 달라지고, 한참의 세월이 지나 오래전에 겪은 멀미의 기억과 파장을 떠올리고, 그러다 문득 자신이 어떤 사람인지 조금 더 알게 되는 것. 생각해보면 나에게 여행은 언제나 그런 것이었다.

소설가 김영하의 산문집《여행의 이유》의 문장들이 다가오기 위함이었을까요. 온라인 수업을 받던 두 아이와 하루가 멀다고 마찰이 생기던 2020년 가을, 저는 기어이 집을 박차고 나왔습니다. 그리고는 언제 그런 시간을 보냈었는지 기억도 나지 않는 혼자만의 여행을 다녀왔습니다. 때로는 허리가 반으로 꺾이는 거친 파도를, 때로는 파문조차 일지 않는 잔잔한 바다를 보며 있는 힘껏 들숨과 날숨을 교환했습니다. 다리가 퉁퉁 붓도록 걸었던 건 물론이고요. 부유하는 티끌에도 마음을 실어 보냈습니다.

"이번 여행은 내 생각 이상으로 많은 것을 변화시켰다. 난 더 이상 내가 아니다. 적어도 이전의 내 모습은 아니다."

1952년, 8개월 동안 남아메리카를 횡단한 에르네스토 게바라가 여행이 끝난 뒤 내뱉은 조용한 독백이 제 마음에 차분히 안착하는 느낌이었습니다. "그토록 길고 고통스러웠던 여행의 목적은 고작 자기 자신으로 돌아오기 위한 것"이라고 김영하도 말했는데, 이는 여행이 종국은 한 단계 성장하고 성숙해진 자아를 확인하게 만들기 때문이겠지요. 저 역시 이전과는 다른, 그러나 정확히 저 자신의 모습으로 돌아왔습니다.

영화 〈모터사이클 다이어리〉는 다음의 말로 시작하고 끝납니다.

"이건 영웅에 관한 이야기가 아니다. 단지 공통된 꿈과 열망으로 가득 차 있던 두 사람의 이야기이다."

영화에서 우리는 어릴 때부터 천식을 앓고 나병을 전공하는 의학도, 푸세라는 애칭의 23살 청년 에르네스토 게바라를 만날 수 있습니다. 그는 6살 많은 형 알베르토와 함께 책에서만 봐왔던 남아메리카를 탐험하기 위해 포데로사라고 이름 붙인 고물 오토바이에 몸을 싣고 길을 떠납니다.

여행의 경로는 이렇습니다. 아르헨티나의 수도인 부에노스아이레스를 출발점으로하여 남아메리카 대륙 남쪽 끝인 파타고니아를 처음으로 방문합니다. 이후 칠레 해협을 거슬러 올라가다가 안데스산맥을 통해 페루의 마추피추에 여정을 풀고, 다시 아마존 강으로 들어가 산 파블로에 있는 나환자촌을 방문, 여기서 긴 시간을 보낸 뒤 남아메리카의 북쪽으로 향합니다. 이곳이 베네수엘라, 최종 목적지입니다.

8,000km라는 긴 행로에서 그들의 여행이 마냥 순조로웠을 리는 없습니다. 여행 초반부터 바람에 텐트가 날아가 풍찬노숙은 다반사이고, 눈으로 덮인 산 정상을 지날 땐 추위와 사투를 벌여야 했지요. 돈은 늘 부족했고, 지병인 천식으로 몇 번의 위기 상황을 넘겨야 했으며, 고물이었지만 든든했던 포데로사는 여행 중간에 결국 운명을 다합니다. 그런 동고동락 가운데 벌어지는 두 사람의 잔망스러운 다툼은 영화의 재미 중 하나입니다. 푸세가 어머니에게 쓴 편지에서 '가는 곳마다 행운이 따라주어 공짜로 숙식을 해결한다'고 했던 말은 진짜였고요.

  실제로 그들은 많은 사람의 도움과 환대를 받았습니다. 사람의 마음을 살살 녹일 줄 아는 알베르토 특유의 말발과 의료인이라는 그들의 직업이 큰 몫을 했지요. 그러나 김영하는 이렇게 설명합니다. 여행자와 정주민들 사이에 발생하는 특유의 심리가 있다고요.

> 인간이 타인의 환대 없이 지구라는 행성을 여행하는 것이 불가능하듯이 낯선 곳에 도착한 여행자도 현지인의 도움을 절대적으로 필요로 한다. 인류는 오랜 세월 서로를 적대하고 살육해왔지만, 한편으로는 낯선 이들을 손님으로 맞아들이고, 그들에게 절실한 것들을 제공하고, 안전한 여행을 기원하며 떠

나보내 오기도 했다. 거의 모든 문명에, 특히 이동이 잦은 유목 민들에게는 손님을 잘 대접하라는 계율들이 남아 있다.

작가 자신도 지난 여행들 중에 많은 사람의 대가 없는 환대를 받았다고 하지요. 그런 좋은 기억 덕분에 우리나라에 여행 온 이들에게 자신이 받았던 그 환대를 베풀기도 했다고요. 주는 만큼 받는 관계보다 누군가에게 준 것이 돌고 돌아 다시 나에게로 돌아오는 세상이 더 좋은 세상을 만드는 것이라 여기기 때문이랍니다. 그런 환대의 순환을 가장 잘 경험할 수 있는 것이 여행이라는 작가의 말에 의심 없이 고개를 끄덕이게 됩니다.

환대의 선순환 못지않게 중요한 것이 하나 더 있습니다. 바로 '신뢰'입니다. 여행 중 낯선 이에게 품는 신뢰의 기묘함에 대해 김영하는 철학자 알폰소 링기스의 말을 빌려 설명하는데요. 그에 의하면 "신뢰란 죽음만큼이나 동기를 짐작할 수 없는 어떤 인물에게 의지하게 만드는 힘"이라고 합니다. "그때 발생하는 신뢰라는 것은 사회적으로 잘 정의된 행동으로 이루어놓은 공간을 건너뛰어 그 자리에 당신과 함께 있는 진짜 개인과 곧바로 접촉하는 것이"라면서 "일단 누군가를 신뢰하기로 마음먹으면 우리의 정신 속으로 평안함뿐 아니라 자극과 흥분이 파고들어 온다."고 덧붙입니다. 그래서 관계 가운데 가장 큰 기쁨을 주는 감정이 신뢰라고 말합니다.

탁월한 통찰입니다. 그런데 이 해석이 조금 더 명확하려면 필수불가결한 조건이 있습니다. 저는 이 영화로, 정확히는 푸세를 통해 알게 됐습니다. 위에서 말한 환대와 신뢰가 모든 여행자에게 같은 밀도로 경험되는 것은 아니니까요. 여행지에서 만나는 사람들이 단시간에 푸세와 가까워지고 격의 없이 속내를 드러내 보였던 데는 그만한 이유가 있었습니다. 바로 푸세의 '자비' 때문입니다.

사전적 의미로 자비란 남을 깊이 사랑하고 가엾게 여기는 마음을 뜻합니다. 저는 이것의 순서를 바꿔서 이해하는 게 더 정확하다고 생각하는데요. 가엾게 여기며 사랑하는 마음이 자비라는 것. 다시 말해 사랑의 기저에는 측은지심이 있다는 것입니다. 측은지심은 어느 한쪽의 시혜적 정서 혹은 수직적 우월의 감정이 아닙니다. 수평적이라야 합니다. 즉 수평의 시선에서 인식하는 동등한 인간 존엄에 대한 감정입니다. 나환자촌에서 팔꿈치 수술을 받지 않으면 팔을 절단해야 할 상황에 부닥친 어린 소녀 실비아와의 대화에서 그 수평의 시선을 엿볼 수 있습니다. 실비아가 수술받게끔 설득하려고 시작한 대화에서 푸세는 실비아의 상태를 먼저 묻는 게 아니라 자신의 얘기부터 들려줍니다.

푸세 : 저는 폐가 안 좋아요.

실비아 : 안 됐네요.

푸세 : 그렇지도 않아요. 덕분에 군 면제도 받아서 남들보다 시간을 아낄 수 있었어요.

실비아 : 그래서 의사가 된 거군요? 몸이 아파서?

푸세 : 그런 셈이지요. 태어나서 처음 배운 단어도 주사였대요. 난 누군가에게 도움을 주는 사람이 되고 싶어요.

실비아 : (저를 설득하려고) 시간 낭비하지 마세요.

푸세 : 네?

실비아 : 어차피 삶은 고통인걸요.

푸세 : 맞아요. 아주 힘들지요. 저는 매 순간 숨쉬기를 위해 싸워야 해요. 매 순간 숨쉬기를 위해….

푸세의 대화는 마음을 열며 인간 대 인간으로 먼저 다가가는 방식입니다. 의사와 환자 사이라고 해서 다르지 않지요. 나의 아픔과 너의 아픔이 다르지 않다는 인류애적 공감과 연민이 깔려 있습니다.

이런 푸세의 눈에 비친 남아메리카의 현실은 절망 이상이었습니다. 서방 강대국인 스페인은 거룩한 인류의 자산인 잉카 문명을 대수롭지 않게 파괴했고 원주민의 삶을 냉혹하게 짓밟았습니다. 원주민들은 조상 대대로 내려온 자신의 땅을 빼앗기고 고향에서 내쫓기며 사상을 억압당했지요. 푸세의 마음에는 그들에 대한 안타까움과 함께 지배층에 대한 분노가 서서히 싹트기 시작합니다.

"난 자네들의 눈을 통해 위대한 이상주의와 비판주의를 읽을 수 있었어. 이곳에서 자네들을 만난 것을 기뻐하는 이유일세." 페루의 나환자 연구센터 원장 휴고 박사가 꿰뚫어보고 말한 것처럼 푸세, 즉 에르네스토 게바라가 '체 게바라'가 될 수 있었던 데는 사람에 대한 연민과 사랑에서 출발한 그의 마음이 사회적 정의감으로 확장했기 때문입니다. 우리가 익히 아는 체 게바라는 그렇게 탄생했지요. 여행이, 아니 여행에서 만난 사람들이 결국 체 게바라를 만든 것입니다.

여행의 의미는 타인에게 달렸다

"여행 동안 생각을 좀 했어. 시간이 걸리고 쉽지도 않은 어떤 일에 대해서. 무모한 일이겠지?"

여행이 끝나갈 무렵 푸세는 알베르토에게 이렇게 묻습니다. 이 말이 의사를 포기하고 혁명가의 삶에 투신하겠다는 말은 아니었을 겁니다. 짐작건대 "형. 나 말이야. 나다운 게 뭔지, 좀 더 의미 있게 사는 인생이 무엇인지 생각을 해봤어." 정도의 발언이었을 거예요.

모든 여행자의 여정이 푸세의 여행과 같을 수는 없습니다. 푸세의 여행은 아주 특별했지만 분명한 건 어떤 여행이든 여행은 그 자체로 나를 만나게 하고 내 인생을 마주하게 한다는 사실입니다. 김영하 역시 여행할 때야말로 내가 내 삶의 주인이 된 느낌, 삶에 대한 통제력을 회복하는 기분이 든다고 합니다. 그는 그 이유를 여행이 의미하는 '일상의 부재'가 '현재에 집중'시키는 특성이 있어서라고 말합니다.

소설가 김훈의 《자전거 여행》에서는 이에 좀 더 명징한 분석이 있습니다. 대양 위에 떠 있는 선박의 비유를 통해 여행의 의미를 되짚고 있지요.

> 항해술의 핵심부는 선박이 대양 위에서 자신의 위치를 정확히 알아야 한다는 점이다. 자신의 위치를 정확히 알지 못하는 선박은 예정된 항로를 따라 항해할 수 없고, 항로를 이탈했을 때 예정된 항로로 복귀할 수 없으며, 결국 목적지 항구에 닿을 수 없다. (…) 선박은 저 자신을 이 3차원 공간 속에서 상대적인 존재로 인식할 때 비로소 목적지 항구를 향해 대양을 건

너갈 수 있다. 나에게 나의 위치를 가리켜주는 것은 내가 아니라 너이며, 이 세계이며, 이 세계의 표식물들이다.

　작가 김훈은 '관계'에 주목합니다. 나의 위치는 바깥 세계와의 관계 속에서 상대적으로 설정되기 때문에 동서남북 절대적 방위를 아는 것만으로는 목적지를 향해 나아갈 수 없다는 것입니다. 나침반 바늘의 중심점은 관념적 위치일 뿐 나의 현실적 위치가 아니므로 어느 쪽을 향해 몇 도의 각도로 나아가야 하는지는 오로지 관계에 의한 상대적인 위치로 알 수 있다는 말이지요. 따라서 너의 존재와 위치를 모르면 나 자신의 위치를 식별할 수 없습니다. 내가 나의 위치를 확인할 수 있는 거점이 '내 안'에 있는 것이 아니라 '내 밖'에 있다는 인식은 중요한 시사점을 던져줍니다.

　넓게 말해서 우리는 여행의 목적을 '자기 자신에 집중하여 자아를 탐색하는, 그리하여 본래의 나 자신을 되찾거나 새로운 나로 거듭나기 위한 것'이라고 여깁니다. 맞는 이야기지만 더 중요한 것은 그 목적 달성은 나의 힘에 달린 것이 아니라 내가 만나는 사람들에 달렸다는 인식의 전환입니다. 이것은 전면적인 전환이지요. 김훈은 바로 그 점을 갈파한 것입니다.

　선박의 항해에 거점이 되는 상징물이 등대라면 사람의 그것은 사람입니다. 여행을 통해 외부와의 관계 설정을 한다는 것은 한 사람이 또 한 사람과 만나서 교감하는 과정을 통해 이루어집니다. 앞서 얘기한 환대와 신뢰를 바탕으로요. 이것은 홀로 떨어진 내가 아니라 세상 속의 일부인 나여야만 가능합니다. 세상 속의 일부인 '나'와 '너'가 만나 서로를 긍정할 때 '나'에게는 '네'가 등대이고, '너'에게는 '내'가 등대가 됩니다. 에르네스토 게바라가 체 게바라가 될 수 있었던 것은 그가 만났던 수많은 사람 덕입니다. 그들은 에르네스토에게 진정한 등대이자 빛이었습니다. 그랬기에 게바라는 자신이 어느 쪽을 향해 몇 도의 각도로 나아가야 할지를 결정할 수 있었지요. 자신의 위치를 명확히 알게 된 것입니다. 이 글의 맨 처음으로 돌아가 볼까요.

> 기대와는 다른 현실에 실망하고, 대신 생각지도 않던 어떤 것을 얻고, 그로 인해 인생의 행로가 미묘하게 달라지고, 한참의 세월이 지나 오래전에 겪은 멀미의 기억과 파장을 떠올리고, 그러다 문득 자신이 어떤 사람인지 조금 더 알게 되는 것. 생각해보면 나에게 여행은 언제나 그런 것이었다.

다시 여행할 수 있는 시간을 맞게 된 우리, 설렘과 기대가 우선하겠지만 그와 더불어 '여행의 이유'를 가슴 한편에 꼭 채워 넣었으면 좋겠습니다. 여행은 우리가 밟았던 땅의 냄새와 삼켰던 음식의 맛과 만났던 이들의 표정을 마음속으로 복기하면서 육체와 영혼을 숨통 트이게 만들어주니까요. 여러분 모두가 '준비된 여행자'로서 힘찬 발돋움하시기를.

〈모터사이클 다이어리〉
The Motorcycle Diaries, Diarios de motocicleta, 2004
감독 : 월터 살레스
출연 : 가엘 가르시아 베르날, 로드리고 드 라 세르나
장르 : 드라마
등급 : 15세 관람가
러닝타임 : 124분

《여행의 이유》, 2019
김영하 지음 / 문학동네

《자전거 여행》, 2000
김훈 지음 / 이강빈 사진 / 문학동네

배움

다시 처음으로 돌아가 봅시다

by 〈불량소녀 너를 응원해〉&
《아무도 의심하지 않는 일곱 가지 교육 미신》

"당신의 자녀, 안녕한가요?"라는 질문에 누구도 흔쾌히 "예."라는 대답을 할 수 없었습니다. 세상을 뛰어다녀야 할 아이들이 집에만 갇혀 있었으니까요. 팬데믹 동안 어느 가정이든 교육이 뭔지, 학교가 어떤 곳인지, 선생님은 어떤 사람인지에 대해 한 번쯤 생각해보고 주변과 이야기를 나눈 적이 있을 겁니다. 물론 대부분은 한숨으로 채워졌겠지만요.

그러다 저는 교육에 대한 방향성을 찾고 싶어졌습니다. 학교라는 공간과의 격리, 교사-학생 간의 관계의 단절 속에서 비로소 본질에 접근한 것 같았습니다. 수도관이 막혔을 때 뚫으려면 수도꼭지를 잠가야 합니다. 수돗물이 계속 흐르는 상태에서는 수도관의 어느 부분이 막혔는지 제대로 파악하기 어렵습니다. 코로나19는 우리의 의지가 아닌 예기치 못한 단수였지만 어쨌든 수도관을 해체하고 막힌 부분을 찾는 데 도움이 되었습니다. 특히 저는 영화 〈불량소녀 너를 응원해〉와 데이지 크리스토둘루의 저서 《아무도 의심하지 않는 일곱 가지 교육 미신》의 도움이 컸습니다. 이 둘이 연장과 손전등 역할을 톡톡히 해주었지요.

불량소녀 사야카. 전교 꼴찌답게 수업 시간에는 화장하거나 수다를 떨고, 방과 후에는 나이트클럽과 화려한 밤거리를 쏘다닙니다. 무슨 특별한 문제가 있는 것은 아닙니다. 그저 그 또래 소녀답게 친구들과 어울려 노는 게 즐거울 뿐입니다. 공부를 해야 할 이유 따위도 아직 찾지 못했고요. '똥덩어리들', '구제불능' 같은 선생님들의 꾸중과 무시가 그리 거슬리지 않는 걸 보면 그녀가 생각하는 학교라는 공간은 통념의 그것과는 다른 것 같습니다.

소지품 검사에서 담배가 발각된 날, 교장 선생님은 사야카에게 주동자의 이름을 대면 퇴학은 면하게 해주겠다고 합니다. 하지만 학교에 불려온 사야카의 엄마는 당당하게 이렇게 말하지요.

"담배는 잘못했지만, 퇴학을 면제 받는 것이 친구의 이름을 대는 일이라면 그게 옳은 교육인가요? 제 딸이 퇴학당해도 상관없습니다만 전 아무 말도 하지 않은 제 딸이 자랑스러워요. 사야카는 좋은 아이입니다!"

사야카에게 내린 처분은 무기정학. 그러나 모녀는 절대 기죽지 않습니다. 그녀의 엄마는 오히려 새로운 시간을 맞이한 것이 마냥 반가운 양 사야카를 사설 입시학원으로 안내합니다. 그것이 그녀의 인생을 바꾼 일생일대의 사건이 되었지요.

"오, 정말 대단해! 0점이라니. 이렇게 수수께끼 같은 답안은 처음이다. 비록 0점이지만 빈칸으로 놔둔 게 하나도 없잖아?! 적극적인 자세 아주 좋아! 그런데 말이야. 이렇게 하나도 모른다는 게 이상하지 않니?"

첫 테스트에서 0점을 맞은 사야카에게 츠보타 선생님의 반응은 여느 선생님과는 확연히 다릅니다. 낮게 나온 점수가 문제가 아니라 무엇이 문제인지 알면 해결할 수 있으니 나쁜 일이 아니라는 거예요. 그러고는 그 자리에서 바로 목표를 정하자고 합니다. 목표는 바로 게이오대학. 우리나라 연세대나 고려대에 해당하는 사립 대학 중 최고인 대학이 맞냐고요? 네, 맞습니다. 고2지만 초4 수준인 그녀에게 사실상 말이 안 되는 목표였지요. 그런데 세상에! 그게 가능했습니다. 영화니까 가능했던 것 아니냐고요. 아니요, 이 영화는 실화입니다. 전교 꼴

찌가 1년 만에 최고 대학에 합격한 기적 같은 이야기!

'21세기 교육'이라는 환상이 가져온 허구

언젠가부터 교육을 말하면 반드시 따라붙는 단어가 있습니다. 바로 '창의'입니다. 사람들은 창의성을 감각적이면서도 새로운 어떤 것, 즉 독창성과 비슷한 개념으로 이해합니다. 교육 전문가들도 하나의 의미로 규정하지 못한 창의성은 미래 지식기반 사회의 필수불가결한 능력으로 인식되면서 교육의 핵심 요소로 자리 잡습니다.

그러나 엄밀히 말해 창의성은 새로운 것이 아닙니다. 과거부터 시행해온 정책을 정권이 바뀔 때마다 다른 용어로 바꿔 부른 것에 지나지 않습니다. 창의력 이전에 그것을 지칭했던 말은 바로 응용력이었습니다. 정확히 이해한 후 적재적소에 그 개념을 도입해 적용할 수 있는 능력, 이론이 이론에 그치지 않고 현실 생활에 쓰임새를 갖도록 하는 능력이 바로 응용력입니다. 교육의 목표는 바로 이러한 확장성을 기르기 위함입니다.

21세기 교육을 정의하는 다른 키워드들도 마찬가지입니다. 창의력을 비롯해 문제 해결력, 비판적 사고력, 의사소통 능력,

정보관리 능력, 인간관계, 위기관리 등 과학기술과 정보화를 기반으로 하는 21세기에 요구되는 역량. 열거된 저 능력들이 과거에는 필요하지 않거나 강조되지 않았을까요?

이는 무에서 창조된 유의 개념이 아닙니다. 물론 현대 사회는 질식할 정도로 방대한 정보가 흘러넘치기에 이것을 정확히 선별하고 처리해야 하는 능력이 더 요구되는 것은 사실입니다. 또 강한 개성과 다양성으로 구성된 조직 안에서 원만한 인간관계를 유지하며 정확한 의사소통을 해야 할 필요도 커졌고요. 그래서 상대적으로 현재에 그 중요성이 부각되는 것뿐입니다.

이런 이유로《아무도 의심하지 않는 일곱 가지 교육 미신》의 저자 크리스토둘루는 "21세기 지식 같은 것은 존재하지 않는다."고 역설합니다. 교육에 있어 중요한 것, 다시 말해 '변함없이' 중요한 것은 사실적 지식의 확충, 교사·학생 간의 신뢰 회복 이 두 가지입니다. 이는 지식 교육과 교사 주도 수업을 중시하는 영국의 교육부 정책의 이론적 토대를 마련한 저자가 실제 중학교 영어 교사, ARK(민간 위탁 자율학교인 아카데미를 운영하는 교육법인)의 교육과정 책임자를 거치며 교육 현실을 현장에서 경험한 후 내린 결론이라 믿음이 갑니다.

그는 사실적 지식의 확충은 매우 중요하며 교육의 역할은 결국 기본을 갖추게 하는 것이라는 점을 주장합니다. 그 기본이라는 게 바로 '지식'이라는 점을 시종일관 강조하는데요. 지식의 축적은 스키마를 형성하는 충분 조건이며 장기 기억에 저장된 지식이 많을수록 현실에 필요한 실질적 능력의 배양이 용이해진다고 말합니다. 앞서 열거한 21세기적 역량은 장기 기억에 확실하게 저장된 광범위한 지식이 작용한 결과라는 것이지요. 크리스토둘루가 인용한 미국의 교육학자 허시의 설명은 다음과 같습니다.

> 지식을 얻기 위해 지식이 필요하다는 것은 인지 심리학 분야에서 공인된 사실이다. (…) 사실적 지식을 희생시키면서 학습의 과정을 강조하는 것은 실제로는 어린이들의 학습을 방해하는 것이다. 인터넷 덕택에 풍부한 지식을 쉽게 이용할 수 있게 된 것이 사실이다. 그러나 그 정보를 이용하기 위해서는, 즉 지식을 습득하고 지식을 확충하기 위해서는, 먼저 지식 창고를 소유하고 있어야 한다. 이것이 바로 인지 과학 연구를 통해 밝혀진 역설이다.

이 공인된 사실에도 불구하고 우리는 사실적 지식을 가르치는 것이 교육의 기본이라는 말에 반감을 갖는 경우가 많습니다. 아마 우리 현실에서는 입시 위주의 교육이 지식을 일방적으로 주입하는 형태로 나타났기 때문일 겁니다. 또한 지식전달의 교육이 무조건적 암기, 끊임없는 반복과 연습이라는 부정적 이미지로 연상되기 때문일 것입니다. 경험을 통한 자기 주도적 학습을 주장한 루소, 듀이, 프레이리 등에 의해 사실적 지식의 학습이 '비인간적', '비효율적', '비교육적'이라는 꼬리표를 달게 된거죠.

교육학자를 비롯해 각계각층의 전문가들이 다가오는 4차 산업혁명 시대에는 교육도 혁신적으로 변화할 것이라고 앞다투어 전망했습니다. AI라는 최첨단 과학기술에 힘입어 교사의 역할은 축소되고 아이들이 자기 주도적으로 지식을 쌓는 현실이 도래할 것이라고 말입니다. 그들은 이런 현상을 긍정적이고 미래지향적으로 봤습니다. 그러나 막상 코로나19로 온라인 수업이 본격화하면서 각종 기술의 뒷받침과 편의성, 자기주도 학습을 위한 충분한 시간적 여유가 있었음에도 아이들의 학습 능력은 심각한 수준으로 떨어졌습니다. 전 세계적으로 말입니다. 4차 산업혁명을 예측하며 쏟아냈던 많은 이론이 성급한 장밋빛 환상은 아니었을까, 대단히 의심스러울 수밖에 없지요.

영화에서도 마찬가지입니다. 교육의 궁극적인 목적이 학생에게 자기 주도적으로 공부할 수 있는 능력을 키워주는 것은 맞지만, "독립성을 기를 수 있는 가장 좋은 방법이 독립적(혼자)으로 학습하게 하는 것이라는 가정은 틀리다."는 크리스토둘루의 주장이 똑같이 확인됩니다.

사야카는 츠보타 선생님의 계획하에 수많은 지식을 받아들입니다. 영어사전, 현대용어 기초지식 사전 등 각종 사전과 문제집을 로봇처럼 외워대고 풀어대지요. 자전거를 타고 가면서도 I My Me Mine/ You Your You Yours를 읊어대고 온 집안은 포스트잇으로 도배가 되었습니다. 가히 '1만 시간의 법칙'의 모범 사례라 할 만하지요. 그녀의 그런 행동은 지식이 장기 기억으로 저장되어 제때 꺼내 쓸 수 있도록 만드는 과정이었습니다. 사야카가 논술 비중이 높은 게이오 정책학부에 합격했다는 사실이 이를 방증합니다. 논술이란 사실적 지식뿐만 아니라 사회 이슈를 포괄한 다양한 배경 지식을 요하는 종합 평가이므로 막대한 기초 지식의 함양 없이는 높은 점수를 받을 수 없습니다. 또 단기적으로 글쓰기 요령을 익힌다고 해결할 수 있는 영역도 아닙니다. 역시 공부에는 왕도가 없다는 것, 어떤 길이든 뼈아픈 노력을 기울이지 않고서는 경지에 도달할 수 없다는 것은 진리이지요. 힘들고 지루하고 고통스러웠을 거라고요? 네, 물론이요! 그런데 꼭 그렇기만 했을까요?

영문법 수업을 하면서 일련의 체계적인 계획을 세워 직접 교수법 방식으로 학생들을 지도해보았다. 그리고 성공적인 수업 결과에 나 자신도 놀랐다. 학생들이 영문법 개념을 제대로 습득할 수 있었기 때문이다. 이전에 그 개념들을 가르칠 때 너무 어렵고 애매해서 내가 학생들을 괴롭힌다는 생각을 갖기도 했는데 이제 학생들이 개념들을 제대로 배우게 된 것이다. 학생들은 수업을 매우 즐기는 것처럼 보이기까지 했다. 과거 학생들이 자기 주도적 학습방식으로 공부를 하게 했을 때와 비교한다면 직접 가르치는 방식이 훨씬 더 성공적이었다.

크리스토둘루에 따르면 직접 교수 방식으로 배운 학생들이 학업 성취뿐만 아니라 자아존중감 같은 정의적인 영역에서도 더 높은 성취를 보였다는 것입니다. 이것은 사야카가 츠보타 선생님에게 썼던 편지글에서도 똑같이 확인할 수 있습니다.

"선생님을 만나고 목표가 생겼어요. 열심히 하는 즐거움도 알게 됐고요. 미래에 대한 희망도 보였어요. 그리고 제 인생 역시 달라졌어요. 선생님. 진심으로 감사합니다."

팬데믹을 겪으며 교사의 역할과 교사-학생의 관계에 대해 거의 도그마에 가까운 확신이 생겼습니다. 학력 저하의 문제가 아니더라도 '아, 매일 학교를 간다는 것은 대단한 일이었구나!', '특정한 공간에서 교사와 학생이 마주하는 일은 교육에 꼭 필요한 요소였구나!' 학교와 교사의 필요성에 대해 절감한 것입니다.

교사의 역할은 크게 두 가지입니다. 하나는 학생이 신뢰하는 존재가 되어야 한다는 것. 또 하나는 그 신뢰를 바탕으로 훌륭한 길잡이가 되어주어야 한다는 것입니다. 영화를 보면 학교 선생님들은 문제아가 모인 반의 아이들에게 인격 모독적인 발언을 서슴지 않습니다. 열심히 공부하는 사야카에게 조롱과 비아냥도 마다하지 않습니다. 더 나아가 그녀를 지도하는 츠보타 선생님을 향해서도 아이들을 돈벌이 수단으로 삼는다며 비난을 퍼붓습니다. 츠보타 선생님도 사실 학창 시절에 사야카와 비슷한 대우를 받았다고 고백합니다. "넌 암이라면 말기다!"라는 말을 들었다고요. 그래서 츠보타 선생님은 사야카의 담임에게 단호하게 소리칩니다.

"전 안 되는 학생은 없다고 생각합니다. 있다면 오직 무능한 선생님이 있을 뿐입니다!"

몇 번이나 넘어지고 주저앉는 사야카를 향해 자신의 가능성을 믿는 것이 얼마나 중요한지를 이야기해주고, 자신에게 감사를 표하는 학생에게 '내가 너를 만나 더욱 감사하다'고 말하는 스승다운 스승 츠보타. 아이들의 언어로 대화하기 위해, 더 좋은 자료를 제공하기 위해 밤을 새우며 애쓰는 선생님을 보면서 어떤 학생이 열심히 공부하지 않을 수 있을까요. 사람을 살리는 데 꼭 많은 사람이 필요한 게 아닙니다. 한 사람의 진심이 우주의 크기와 맞먹는 때도 있는 것입니다.

물론 마음만 가득하다고 신뢰가 쌓이는 것은 아닙니다. 제대로 된 신뢰는 상대에 대한 진실한 마음 못지않게 검증된 실력이 바탕에 있어야 합니다. 사실상 츠보타가 운영하는 학원은 다양하게 수업을 변주하며 운용하는 학교 같은 곳이 아닙니다. 사실적 지식을 전달하는 것이 우선인 입시학원이지요.

우리가 쉽게 간과하는 사실 하나가 바로 이것입니다. 흔히 말하는 21세기형 수업 방식들, 즉 교과 특성 및 학생들의 수준·성향에 따른 체험 학습, 프로젝트, 토론 수업 등은 구사하기 어렵지만, 단순한 지식 전달은 어렵지 않다고 생각하는데 그건 대단한 편견이라고요. 이 편견이 지금의 우리를 크게 지배하고 있습니다. 이 책의 저자 크리스토둘루도 이 점을 강조하는데요. 쉬운 듯 보이는 사실적 지식을 전수하는 일이 오히려 고도의 기법과 기술이 필요하다는 점을 말합니다. 그는 사실적 지식 전달 그 자체보다 교사의 수업 방식, 더 정확하게는 수업 방식의 '부재'가 문제라고 말합니다.

> 무의미한 암기학습을 피할 수 있는 대책은 교사의 지도 활동을 줄이는 것이 아니라 암기가 아닌 방식으로 교사의 수업 지도를 내실화하는 것이다. (…) 학생들에게 '무엇'을 가르치는 것이 아니라 '어떻게'를 가르쳐야 한다. (…) 학생들에게 공부하는 방법에 대하여 가르쳐야 한다.

교수법을 개발하는 일에 츠보타 선생님은 열의를 불태웁니다. 1대1 수업 방식의 특성상 일반화, 표준화한 해결책이 있을 리 만무합니다. 저는 츠보타 선생님을 보며 마치 지도 제작자 같다고 생각했습니다. 학생 개개인에게 맞춤형 길을 안내해 종착지에 이르게 하는 사람. 열정만으로는 불가능하죠. 아마 교사 스스로가 학생들보다 더 치열하게 공부했으리라 확신합니다.

교육은 멈출 수 없습니다. 멈춰지지 않는다는 표현이 더 정확할 것 같습니다. 교육이 단순히 가르치고 배우는 의미를 넘어 사람이 사람을 길러내는 일이라 그렇습니다. 총알이 난무하는 전쟁 중에도 중단된 적 없는 교육이 미증유의 재해 앞에서 어쩔 수 없이 멈추어 섰을 때, 우리는 다시금 교육만이 우리의 미래이고 희망이라는 걸 절실히 느꼈습니다. 부디 미래와 희망의 본령을 기억하는 일만은 어떤 상황에서도 중단되지 않기를 소망합니다.

〈불량소녀 너를 응원해〉 Flying Colors(映画ビリギャル), 2015
감독 : 도이 노부히로
출연 : 아리무라 카스미, 이토 아츠시, 요시다 요, 다나카 테츠시
장르 : 드라마
등급 : 12세 관람가
러닝타임 : 117분

《아무도 의심하지 않는 일곱 가지 교육 미신》
Seven Nyths about Education, 2014
데이지 크리스토둘루 지음 / 김승호 옮김 / 페이퍼로드

원심력을 구심력으로 바꾸어야 합니다

by 〈결혼 이야기〉&

《사랑은 지독한 그러나 너무나 정상적인 혼란》

나는 가정이 성소, 즉 재미와 즐거움만이 넘쳐나는 장소라고 보지 않는다–물론 그럴 수도 있다. 하지만 그보다는 가장 야만스러운 피조물인 인간이 다른 사람들과 비폭력적이고 비파괴적인 방식으로 시간과 공간을 공유하는 것을 배우는 곳이다. (…) 결혼과 가족생활은 삶의 오물통과 마주하기에 훌륭한 장소이다. 그래서 나는 26년 6개월 동안의 결혼 생활을 하고 나서 결혼의 목표가 행복이 아니라는 결론을 얻었다.

울리히 벡, 엘리자베트 벡 게른샤임의 공동 저작인 《사랑은 지독한 그러나 너무나 정상적인 혼란》의 가장 첫 부분에 나오는 내용입니다. 이런 적나라한 솔직함이 가능한 이유는 이 두 저자가 바로 부부이기 때문입니다. 이들은 사랑하는 방식에 대한 근본적인 고찰을 위해 다음과 같은 질문으로 긴 이야기를 시작합니다.

우리는 한 문명의 끝에 와 있다. 과연 우리는 또 다른 문명의 시작에 서 있는가?

출간 시점이 1999년이었으므로 한 세기를 닫고 새로운 시대를 여는 21세기에는 현실이 큰 전환점을 돌아 전향적으로 개선되기를 기대했을 겁니다. 그러나 안타깝게도 그들의 바람이 실현되기에 20여 년의 세월은 너무 짧았나 봅니다. 이 글을 다시 읽는 지금도 책의 한 문장 한 문장에 격하게 공감되니까요. 또 다른 문명의 시작에 서 있지는 못해도 과도기를 지나는 중이라고 답할 수 있다면 좋을 텐데, 솔직히 지금도 여전히 예측할 수 없어 보입니다.

재택 근무와 온라인 수업이 일상이 되어 집에서 보내는 시간이 많던 때에 우리 가족은 늘 붙어있었습니다. 이것은 일면 좋은 현상처럼 보이지만, 통계 수치는 그 반대를 보여줍니다. 우울증, 가정 폭력 그리고 이혼 소송 건수가 증가했다는 건데요. "결혼과 가족생활은 삶의 오물통과 마주하기에 훌륭한 장소, 가정은 증오심을 극복할 뿐 아니라 증오할 수 있는 곳"이라는 두 저자의 말을 체감하기도 했습니다. 한시적인 절망일 수 있지만 통계 수치의 곡선이 이전의 방향을 되찾을 거란 희망이 쉬이 생기지 않는 건 영화 〈결혼 이야기〉 속 니콜과 찰리 이야기가 또 하나의 진실로 다가오기 때문입니다.

나는 다른 인생을 원해

니콜과 찰리는 뉴욕에서 극단을 운영하며 아들 헨리를 키우는 부부입니다. 찰리는 그 극단의 대표이자 감독이고, 니콜은 배우로 활약하고 있지요. 뉴욕에 터를 잡고 자수성가한 찰리와 달리 니콜은 예정에 없던 뉴욕댁이 되었습니다. LA에서 〈올 오버 더 걸〉이라는 영화를 찍고 막 스타로 떠오른 신예 배우였던 그녀가 우연히 뉴욕에서 연극 한 편을 본 뒤 찰리와 한눈에 반해 결혼하게 됐거든요. 니콜은 결혼 초기부터 자신의 고향인 LA에서의 정착에 대해 이야기해왔지만 찰리는 니콜의 말에 적극적으로 반응하지 않았습니다. 뉴욕에 마음을 온전히 뿌리내리지 못한 채 살던 니콜에게 어느날 LA에서 파일럿 작품에 출연해달라는 요청을 받습니다. 그 제안을 받고 그녀는 아들을 데리고 LA로 향하지요.

이전부터 이혼하자는 둘의 합의가 있긴 했지만 두 모자의 LA 행이 영원한 이별이 될 줄은, 특히 법적 소송까지 불사하며 이혼 절차가 진행되리라고는 꿈에도 생각하지 못했던 찰리는 "꿈꾸는 기분이야."라고 말합니다. 이혼서류를 받아들며 니콜이 묻습니다. 그럼 어떻게 될 줄 알았느냐고.

"글쎄, 진지하게 생각해보지 않았어."

이 남자, 순진한 걸까요, 이기적인 걸까요. 이혼을 앞둔 당사자가 이별을 진지하게 생각해보지 않았다니 아내 니콜은 어떻게 이해해야 할까요. 이혼 소송이 한창일 때 뉴욕뿐 아니라 LA에서도 살기로 했던 약속을 잊었냐는 그녀의 물음에 찰리의 대답은 또 이렇습니다.

"뉴욕에서도 멋진 삶을 살고 있었잖아, 일에 있어서는! 솔직히 다른 거는 생각도 안 했어."

니콜은 정확히 지적합니다. 바로 그게 문제라고요.

"난 당신 아내였는데 내 행복에도 신경을 썼어야지!"

잘잘못을 가리는 게 무슨 의미가 있겠습니까. 분명 행복한 순간도 있었을 겁니다. 어느 일방의 잘못만으로 결혼이 깨졌을 리는 없지요. 둘다 사랑으로 시작해 소중한 아이를 얻고 마지막 순간까지 서로의 곁에서 삶을 마무리하길 바랐을 겁니다. 그랬던 그들은 대체 무엇 때문에 서로 등을 돌리다 못해 총질까지 하게 됐을까요.

"나는 다른 인생을 원해."

이것이 니콜이 이혼을 원하는 이유입니다. 찰리가 저지른 한 번의 외도는 이혼의 결정적 사유가 아닙니다. 니콜이 말하는 '다른 인생'이란 정확히 니콜 자신이 자기 인생의 주인공이 되는 삶입니다. 그녀는 찰리에게 전적으로 맞춰 살아왔습니다. 거주지도, 직업도, 스타일도, 하다못해 가구나 사소한 물건까지 전부 찰리의 취향대로였어요. 이 말을 듣고 나면 찰리도 화가 날 겁니다. 그렇게 살라고 강요한 적 없는데 왜 이제 와서 이러냐고요.

하지만 찰리도 냉정히 자신을 되돌아볼 필요가 있습니다. 강요한 적은 없지만, 니콜이 자신에게 맞춰준 삶에 익숙해있었거든요. 언젠가부터 그 익숙함이 당연함으로 바뀌었고요. 니콜의 변호사도 같은 지적을 합니다. 본인이 원하면 '약속'이고 니콜이 원하면 '상의'냐고요. 작은 단어의 선택에서도 그의 사고는 본인을 중심으로 이루어지고 있었습니다. 삼류 드라마 같은 TV 파일럿 프로그램이었지만 그녀가 그것을 하기로 결정한 이유는 바로 '내 것', 누구의 것도 아닌 니콜 자신의 것이었기 때문이지요.

"난 찰리가 꼭 안아주며 응원해주길 바랐어요. '새로운 모험을 하
게 돼서 기뻐', '당신만의 세계도 누리면 좋겠어' 그럼 이혼까지는
안 했겠지요. 그런데 찰리는 그걸 비웃고 샘을 냈어요. 그러면서도
두둑한 출연료를 듣고는 그걸 극단 예산으로 쓰자는 거예요. 그때
확실히 깨달았어요. 찰리는 날 인정하지 않는다는 걸. 자기와 별
개인 독립적 인격체로요."

니콜의 아이디어로 만든 연극이 브로드웨이에 진출하게 되
고 천재상으로 손꼽히는 맥아더상까지 수상하게 됐지만, 니콜
앞에서 찰리의 태도는 참으로 지질하고 졸렬했습니다.

벡과 벡 게른샤임은 이 시대를 "사랑과 가족과 개인적 자유
사이에 이해 관계가 충돌하는 시대"라고 규정합니다. 그리고
사랑과 결혼을 변화시킨 새로운 요인은 남성의 변화 때문이
아니라 여성의 변화 때문이라고 설명합니다. '오롯이 너 자신
이 돼라'는 교육의 확대와 현대의 노동 시장의 요구가 여성이
개인적인 일대기를 성취할 수 있게 한 주요인이라는 거지요.
물론 이것은 '기회'이자 '걸림돌'이라고도 역설합니다. 평등하
고 자유롭기를 원하는 두 개의 원심적 일대기를 서로 마찰 없

이 연결하는 일은 아슬아슬한 공중 곡예나 다름없다고요.

> (…) 자유에다 자유를 더하면 사랑이 아니라 오히려 사랑에
> 대한 위협이나 심지어 사랑의 파괴를 가져오기 쉽다는 것을
> 누차 깨달아온 사람들의 불안감 속에 메아리쳐 울리고 있다.
> (…) 온갖 실망과 좌절의 지뢰밭이라고 할 수 있는 이 문제는
> 단순히 가계를 원만히 운영하는 것에 영향을 미치는 데서 그
> 치지 않고 삶에서 자신의 역할과 자기 존중감이 타격을 입을
> 지도 모른다는 깊은 두려움을 불러일으키기도 한다. (…) "우
> 리는 서로를 사랑하고 싶다. 하지만 어떻게 해야 할지 모른다."

자유는 곧 선택으로 연결됩니다. 고정된 성역할에서 해방
된 남녀에게 결혼은 선택의 문제입니다. 그런데 결혼 이후에
는 하나하나의 단계들이 모두 협상해야 할 것들이 됩니다. 끊
임없이 의사결정을 요구하지요. 저자들의 표현대로 이것은 개
방성과 성찰성을 증대시키기도 하지만 위태롭고 불확실하며
게다가 몹시 피곤하기까지 한 일입니다. 매번 동의에 이르고
나면 해결해야 할 또 다른 논쟁이 등장하기 때문에 일명 '관계
맺기 작업'으로 불리는 대화 과정은 매우 어려운 작업인 동시
에 종종 헛수고처럼 보이기도 합니다. 그런데도 두 저자는 그

과정을 멈춰서는 안 된다고 주장합니다. 지금 당장 두 개의 일대기를 만족시키는 것이 불가능하다면, 최소한 존중이라도 해야 한다고 말입니다.

과연 우리는 또 다른 문명의 시작에 서 있는가?

시계가 다시 거꾸로 돌아가는 일은 없을 겁니다. 엄격한 성역할과 여성 권리의 희생으로 유지되던 가족의 시대로 회귀하지는 않을 겁니다. '나 자신이 되는 것'과 '함께 사는 것' 사이의 균형을 찾는 것만이 가족 모두를 위한 일이라는 걸 우리는 잘 알고 있지요. 이혼 자체도 힘들지만 특히 자녀가 있는 부부의 이혼처럼 힘든 일도 없으니까요. 나아가 인간은 죽을 때까지 사랑을 포기하지 않고 살아갈 것이기 때문이지요.

분명히 결혼의 종언을 보여주는 듯 이혼율이 계속 증가하고 있지만 다른 한쪽에서는 재혼율 또한 계속 상승하고 있는데, 이것은 결혼이 여전히 얼마나 매력적인지를 잘 보여준다. 출생률 감소를 보고서 자식을 갖고 부모가 되는 일이 이제는 우선순위에서 밀려났다는 결론을 내리려는 사람은 수천의 여성(남성)이 불임에서 탈출하려고 온갖 방법을 강구하는 사실 앞에서 다시 생각해보아야 할 것이다. (…) 그들의 희망은 사랑에 있다. 사랑이라는 이 강력한 힘은 그 자체의 고유한 규칙에 따라 사람들의 기대 불안, 행동 패턴 속에 자신의 메시지를 새겨 넣고, 사람들이 결혼하고 이혼하고 재혼하도록 이끌고 있다.

사랑을 포기하지 않는 일이 바로 결혼으로 직결되는 것은 아니지만 실존적 허무감으로 고통받는 현대인들이 '내적 정박지'로서 사랑과 결혼을 추구한다는 저자들의 해석은 의미가 있습니다. 다만 결혼을 개별 인간의 사랑의 결실로 이해한다고 해서 결혼과 이혼을 사적 문제로만 치부할 수는 없습니다. 이 책의 가치가 바로 그 점을 명철하게 분석해놓은 데 있지요. 두 저자는 책의 서두에서 결혼 생활에서 발생하는 부부의 갈등을 '두 사회적 역할 간의 충돌'로 보고, 남녀 사이의 사랑에 작동하는 '구조적 힘'을 밝히겠다고 적시한 뒤 다음과 같은 설명을 합니다.

이처럼 자유를 찾고 진정한 자기를 발견하기 위한 개별적 투쟁처럼 보이는 것이 사실은 일반 명령에 순응하기 위한 일반적 움직임이라는 것이 드러난다. 이 일반 명령은 개인의 일대기가 노동 시장을 중심으로 계획되도록 명령한다. 즉 특정한 자격을 갖추고 언제나 이사가 가능해지길 요구한다. (…) 노동 시장이 모든 사람이 자유롭기를 바라는 것은 실은 모든 사람이 이러저러한 압력에 순응하고 취업 시장의 요구 조건에 순응하도록 하기 위해서이다. 이것이 노동 시장에서의 자유이다. (…) 보이는 사건들이 실제로는 특정한 가족 모델, 즉 하나의 노동 시장 일대기와 평생의 가사노동 일대기는 조화시킬 수 있지만 두 개의 노동 시장 일대기는 조화시킬 수 없는 가족 모델의 실패인 경우가 대부분이다.

이제는 결혼 생활이 단순히 남녀의 역할과 부모의 역할에만 머무는 게 아니라는 말입니다. 개인을 넘어서는 힘이 작용하는 환경, 즉 현재의 고용 방식의 문제를 아울러 고찰해야 한다는 것입니다. 이것의 대안을 찾기 위해서는 국가의 개입이 절대적으로 필요하다고 주장하는데요. 국가가 탁아, 유연한 노동 시간, 사회 보장 제도 등의 공적 지원을 통해 가정에서의 긴장을 완화해줘야 한다는 것입니다. 원만한 결혼 생활과 가정의 유지를 위한 전략은 공적 영역과 사적 영역이 따로 분리된 게 아니라 긴밀히 연계되어있기 때문입니다. 본질적으로 해결해야 할 핵심적인 부분은 이것입니다.

"누가 현대 사회에서는 필수불가결한 것으로 여겨지는 경제적 독립과 보장을 포기할 준비가 되어있는가?"

여성의 결혼 생활은 자신이 배우자를 위해, 아이를 위해, 가정을 위해 어떤 것들을 포기하며 살았고 살고 있는지를 끊임없이 자문하는 과정입니다. 남성이 직업이냐 아이냐의 양자택일에 직면하는 경우는 그리 흔치 않습니다. 그래서 여성의 권리를 쟁취하려는 전투는 여전히 현재 진행형일 수밖에 없습니다. 아마 앞으로도 여전히 그럴 겁니다.

그렇다고 남성의 헌신과 희생이 전혀 없다고 말하는 것은 아닙니다. 그런데도 두 저자는 신랄하게 비판합니다. 말로는 공동 책임이라는 구호를 내세우지만, 여성의 권리가 자신에게 실질적인 위협으로 다가올 때면 남성은 성별의 불평등을 정당화하려는 이중적이고도 모순적인 행위를 보인다고요. 앞서 얘기했듯 가정의 많은 역할이 국가의 적극적 지원이 뒷받침되어야 하지만, 결국 남성 자신의 자성과 노력 없이는 난공불락이라고 지적합니다.

요원하더라도 희망이 없다고 생각하지는 않습니다. 난타전으로 치러진 이혼 소송 끝에 찰리가 목청껏 부르는 노래를 듣고 있으니, 그가 다시 하게 될 사랑과 결혼이 이전보다는 훨씬 아름다울 수 있겠구나 싶었기 때문입니다.

〈결혼 이야기〉Marriage Story, 2019
감독 : 노아 바움백
출연 : 스칼렛 요한슨, 애덤 드라이버
장르 : 드라마
등급 : 15세 관람가
러닝타임 : 137분

《사랑은 지독한, 그러나 너무나 정상적인 혼란》
Das ganz normale Chaos der Liebe, 1999
울리히 벡, 엘리자베트 벡 게른스하임 지음 /
배은경, 권기돈, 강수영 옮김 / 새물결

내 눈의 들보부터 빼내야 합니다

by 〈미스 슬로운〉&《진실 따위는 중요하지 않다》

《진실 따위는 중요하지 않다》와 《포스트트루스》는 2017년 미국 대통령으로 취임한 도널드 트럼프 시대를 거치면서 전 세계적 이슈로 부각된 '탈(脫)진실'의 실태를 성실히 고발한 책들입니다. 국내 출간일을 기준으로 《포스트트루스》가 5개월가량 먼저 나왔지만 아마 두 저자는 비슷한 시기에 비슷한 주제를 놓고 글을 썼을 것입니다. 그래서일까요, 깜짝 놀랄 만큼 두 책은 비슷합니다. 조지 오웰의 《1984》, 한나 아렌트의 《전체주의의 기원》 등 인용한 책들마저 같습니다. 당시 미국 내에서 탈진실이라는 주제가 상당히 뜨거운 감자였다는 걸 보여주는 사례겠지요. 이번 글에서 저는 《진실 따위는 중요하지 않다》를 중심으로 논의하겠지만 여러 부분에서 《포스트트루스》도 함께 언급할 것입니다.

탈진실은 이미 전 세계적 트렌드가 되었습니다. 2016년, 옥스퍼드 영어사전에서 올해의 단어로 'post-truth'를 선정한 것만 봐도 그렇습니다. 《포스트트루스》에 의하면 옥스퍼드 영어 사전에 이 단어는 '여론을 형성할 때 객관적인 사실보다 개인적인 신념과 감정에 호소하는 것이 더 큰 영향력을 발휘하는 현상'으로 정의되어있습니다. 우리가 그리고 정치인이 객관적인 사실 혹은 진실을 가볍게 취급하기에 가짜 뉴스, 거짓 주장이 힘을 발휘하는 것입니다. 당장의 정치적 이득을 위해서 민주주의를 망가뜨리고 있는 것이지요.

탈진실의 상황이 우리에게 낯설거나 멀리 있는 것이 아닙니다. 우리도 탈진실 시대의 정중앙에 서 있습니다. 검증하지 않은 온갖 추측과 거짓말, 음모론, 내 편 아니면 다 적으로 간주해 쏟아내는 혐오와 저주의 말들이 비단 정치인들만의 것일까요? 온라인에서는 더욱 극렬한 모습입니다. 정치인을 넘어 주변의 평범한 사람들에게서도 자주 관찰되고 목격되고 있습니다.

불행히도 두 책은 마땅한 해결책을 제시하지 못합니다. 원론적 혹은 이상적 대안에 답답한 전망만 더하고 있습니다. 그래서인지 영화 〈미스 슬로운〉의 결말이 더 아프게 다가옵니다. 존 매든 감독 역시 뾰족한 수가 없어서 비극이 희망으로 보이는 아이러니한 결말을 선택했겠지만, 영화를 보는 우리는 모두 비슷한 감정을 느낄 것입니다. 현실에서의 결말은 부디 달라야 한다고. 과연 희망으로 보이는 비극이 아닌 진짜 희망이 되는 결말은 뭘까요.

신념은 누구를 위한 것인가

"로비의 핵심은 선견지명이에요. 상대의 움직임을 예측한 후 대책을 강구해야 하지요. 승자는 상대보다 한발 앞서 구상하고 자신의 비장의 패를 상대가 낸 직후에 내야 해요. 상대를 놀라게 만들되 상대에게 놀라선 안 됩니다."

영화의 첫 장면, 슬로운은 카메라를 정면으로 응시한 채 단호하게 말하지요. 로비스트로서 업계의 톱이 되는 이 비결을 말입니다. 하지만 그렇게 되기 위해 희생해야 할 것들이 있습니다. 잠, 가족, 정상적인 인간관계. 업계에 몸담고 사는 동안 슬로운은 약물에 의존했습니다. 긴장을 늦추지 않기 위해 각성 상태를 유지해야 했던 것입니다. 낮은 물론 밤에도요. 오로지 일 생각밖에 없었습니다. 아니, 승리해야겠다는 생각밖에 없었지요. 그런 생활을 하다 보니 그녀의 삶은 외로웠습니다. 그녀 곁에는 동료들 외에 아무도 없었지요. 그렇지만 동료조차 믿을 수 없습니다. 경쟁사가 아니라 바로 내 옆의 동료가 뒤통수를 치는 일이 허다했으니까요.

어느 날, 한 VIP로부터 총기를 규제하는 히튼-해리스 법안을 바꿔보자는 제안이 들어옵니다. 그것은 슬로운의 신념과는 배치되는 제안이었지요.

사람들이 실리로만 움직이는 것이 아닙니다. 명분과 가치로 싸우는 경우도 있습니다. VIP를 놓칠 수 없다는 회사 측 입장에 그녀는 자신의 신념에 따라 히튼-해리스 법안을 지지하는 회사로 이직하는 선택을 합니다. 그것은 그러니까 바로 어제까지만 해도 동료였던 사람들이 적이 되었다는 말입니다. 서로의 약점과 강점을 너무나 잘 알기에 싸움은 훨씬 더 치열하고 잔인해졌습니다.

그녀가 신념을 따르기로 했다고 해서 승리를 향해 가는 과정까지 아름다웠던 건 아닙니다. 정당한 수단과 온당한 방법은 애초에 없었습니다. 승리를 위해서는 편법과 탈법, 때로는 불법을 교묘히 넘나들어야 했죠. 그 과정에서 인간미는 미덕이 아닌 방해 요인일 때가 많아요.

"내가 걱정하는 건 결과뿐인데 '착한 척' 하는 당신은 수단만 걱정하네요."

회사 대표인 슈미트가 부하 직원이자 동료인 에스미를 이용한 슬로운을 강력히 비난하자 그녀의 대답이 이랬습니다. 싸움에서 지면 결국 모두에게 피해가 돌아올 것임을 알면서도 과정의 정당성을 운운하는 대표의 말이 위선처럼 보였겠지요. 차라리 악랄하지만 솔직한 그녀가 더 인간적인 걸까요.

"의원들의 최우선 관심사는 국민을 대변하는 게 아니라 국회에서 버티는 거야."

대표의 위선은 국회의원들의 위선에 비하면 '착한' 축입니다. 의원들이 정의와 소신을 외치는 건 카메라 앞에서만이거든요. 여론에 따라, 후원금 액수에 따라, 이익 단체의 압력 정도에 따라, 약점의 크기에 따라, 가장 중요하게는 국회의원직을 얼마나 오래 유지할 수 있느냐에 따라 정의와 소신이 작아지고 달라지며 사라졌다가 부활하기를 반복합니다.

전세가 슬로운 팀에게 유리하게 돌아가자 상대는 캠페인 방향을 아예 틀어버립니다. 슬로운 개인을 공격하기로 한 것이죠. 국회에서는 윤리 위원회를 소집, 그녀의 사생활을 모조리 파헤치며 종교 재판을 시작합니다. 약물 의존, 남자 문제 등 총기 규제 이슈와는 전혀 상관없는 일로 신상이 탈탈 털어

총기 규제 이슈 자체를 무력화시킵니다. 결국 그녀는 절벽 끝에 서기로 합니다. 이것은 스스로 자멸하겠다는 절망의 선택이었을까요, 자신은 물론 미국 정치를 살리겠다는 희망의 선택이었을까요. 영화를 보면서 이 질문의 답을 찾아보길 바랍니다. 아 참, 생각해볼 것이 한 가지 더 있습니다.

"신념 있는 로비스트는 이길 수 있는 자기 능력을 믿는다."와 "신념 있는 로비스트는 자신의 승리만 믿지 않는다." 중에 최고의 로비스트 슬로운이 말한 '선견지명'은 어디에 해당하는지 말입니다.

진실은 존재하는가, 아니면 존재해야만 하는가

진실이 유일한 하나의 상태로 존재하는지에 대한 논란은 최근의 것이 아닙니다. 그러나 작금의 탈진실 상황은 진실의 존재 여부에 관한 문제에서 더 나아갑니다. 자신이 진실이라고 믿고 싶은 사실만이 다른 어떤 사실보다 중요하다고 여기면서 그것이 한 사람의 정치적 입장에 종속되는 문제로까지 확대된 것입니다. 사실 후자의 문제가 더 큽니다. 《진실 따위는 중요하지 않다》의 저자 가쿠타니는 사실에 대한 무관심,

이성을 대신한 감성, 좀먹은 언어가 진실의 가치를 깎아내리며, 이러한 탈진실 현상이 전체주의의 도래를 예견할 정도로 심각한 사회 병리적 문제라고 말합니다. 진실이야말로 민주주의의 주춧돌이라고 역설하면서요.

탈진실을 부추긴 요인은 크게 세 가지입니다. 제도권 언론의 쇠퇴, 소셜 미디어를 위시한 기술의 발전, 그리고 포스트모더니즘의 확산입니다. 공기(公器)의 역할을 상실한 전통 미디어의 신뢰 저하 문제는 재차 거론할 필요도 없습니다. 탈진실을 운운하지 않더라도 전통 미디어의 뉴스가 더 진실하다고 믿는 사람은 드물 테니까요. 포털 사이트에 의해 각 매체의 기사들이 선별·편집되는 형태와, 개인의 정치적 성향과 가까운 매체의 기사를 더 신뢰하게 되는 확증 편향성 때문에 탈진실의 출구를 미디어의 정론직필에서 찾는 일은 요원해 보입니다.

전통 미디어의 쇠퇴와 소셜 미디어의 다양화는 깊은 관련이 있습니다. 하지만 둘의 관계를 살피는 것보다 중요한 것은 두 책에서 지적하고 있는 소셜 미디어의 사일로 효과Silo Effect* 와 필터 버블Filter Bubble**입니다. 《진실 따위는 중요하지 않다》

---

*   사일로 효과: 협력하고 소통하는 대신 서로 간에 높은 장벽을 쌓은 채 폐쇄적으로 각자의 이익만을 추구하는 현상

**   필터 버블: 소셜미디어가 이용자에 맞춰 여과한 정보만 제공해 이용자가 편향된 정보의 거품에 둘러싸이는 현상

의 가쿠타니는 "사람들이 편파적 저장탑과 필터 버블에 갇혀 공통의 현실 감각을, 사회와 종파의 경계를 가로질러 소통하는 능력을 잃고 있다."고 지적했고 《포스트트루스》의 리 매킨타이어 역시 "오늘날 사람들은 본인이 원하는 '뉴스 사일로' 속을 살아갈 수 있기 때문에 진실을 찾는 데 필요한 비판적 사고와 의심의 능력이 감퇴하고 매우 게을러졌다."고 일갈합니다.

가쿠타니에 의하면 사일로 효과와 필터 버블은 소셜 미디어 서비스의 알고리즘에 기인합니다. 페이스북, 유튜브, 트위터 등 많은 사이트가 우리가 보는 정보를 개별화하고 이전 데이터에 근거한 개인 맞춤형 정보를 제공하다 보니 양당의 강성 지지자들이 더욱 분열화하는 양상을 보인다는 것입니다. 정치인들이 지지자들의 싸움을 부추기는 것이 더욱 쉬워진 것이죠. 가쿠타니는 포퓰리즘, 근본주의가 세계 곳곳에서 우위를 차지하는 이유는 트럼프, 유럽의 신볼셰비키, 극우 성향의 지도자들이 소셜 미디어가 만드는 이러한 환경에 의지해 두려움과 분노, 박탈감 같은 부정적 감정에 호소하면서 분열과 공포를 조장하기 때문이라고 주장합니다. 그는 한발 더 나아가 기술 발전이 상황을 더욱 악화시킬 것이라고 예견하는데요. 머지않아 우리는 인공지능을 활용한 조작된 정보들에 더 자주 노출될 것이며, 이로써 진실은 우리에게서 훨씬 멀어질 거라고 말입니다.

> 기술 발전이 문제를 한층 더 복잡하게 만드는 것 같다. 가상 현
> 실과 기계 학습 시스템의 발전은 곧 그럴 듯해서 실재와 구분
> 하기 어려운 조작된 이미지 및 동영상으로 귀결될 것이다. 이
> 미 오디오 표본에서 목소리를 재현할 수 있고, 인공지능 프로
> 그램으로 얼굴 표정을 조작할 수 있다. 미래에 우리는 정치인
> 이 자기가 실제로 말하지 않은 것을 말하는 진짜 같은 동영상
> 에 노출될 수도 있을 터이다. 보드리야르의 시뮬라크럼이 실현
> 된 것이다. 이는 모조와 실재, 가짜와 진짜를 구분하는 우리의
> 능력을 악화시키는 〈블랙 미러〉 같은 발전이다.

탈진실 현상이 포스트모더니즘과 상관 관계가 있다는 점에
대해서는 논쟁의 여지가 있습니다만, 가쿠타니와 리 매킨타
이어는 둘 사이의 매우 밀접한 상관성을 피력하고 있습니다.
포스트모더니즘은 인간의 인식에서 독립된 객관적 실재를 부
정하고 '진리'의 개념을 '관점'의 개념으로 대체하면서 상대
주의와 해체주의를 지지하는 사상입니다. 수십 년 동안 좌파
의 사상으로 불렸지만, 탈진실 시대에서는 우파들이 자주 사
용하는 이론이 됐습니다. 아이러니한 일이지요.

포스트모더니즘은 모든 진실이 불완전하며 보는 관점과 상관 관계에 있다고 주장했다. 이런 주장은 어떤 사건을 이해하거나 기술하는 타당한 방식이 단 하나가 아니라 여러 가지로 많다는 연관된 주장으로 이어졌다. 이 두 가지 주장은 좀 더 평등주의적 담론을 촉진했고 이전에는 권리를 박탈당했던 목소리들이 소리를 낼 수 있게 했다. 하지만 공격적인 이론이나 틀렸다고 밝혀진 이론을 주장하고 싶어 하는 사람들, 또는 동등하게 취급할 수 없는 것을 동등하게 취급하고 싶어 하는 사람들도 이 주장을 이용했다.

포스트모더니즘의 개념은 문학, 영화, 건축, 음악, 미술에 이어 사회과학과 역사에까지 스며들고 마침내 과학까지 점령했습니다. 포스트모더니스트들이 객관적 사실이 아닌 관점과 해석에 집중하다 보니 어느덧 과학 이론마저 '사회적으로 구성된' 사실이 되었습니다. 극단적으로 표현하자면 과학자에 따라 대기의 CO_2 측정 결과를 다르게 말해도 상관이 없는 것입니다. 현실이 라쇼몽*이라고 해도 과언이 아닙니다. 그래서

---

* 라쇼몽(Rashômon, 羅生門): 구로사와 아키라(黑澤明) 감독이 1950년에 발표한 일본 영화. 어느 살인 사건을 두고 목격자들마다 진술이 다른 상황을 보여주면서 하나의 똑같은 사건이라 할지라도 그것을 인지·해석하는 데는 개인의 인식의 주관성과 이기심이 개입한다는 것을 보여줌

가쿠타니는 사회 곳곳에 스며든 포스트모더니즘 사조가 탈진실을 유도하며 가속하고 있다고 힘주어 말합니다. 지식보다 의견을, 사실보다 느낌을 찬양하게 된 환경이 트럼프와 같은 인물을 부상하게 만들고 동시에 획책하고 있다고 말입니다. 실제로 트럼프는 기후 변화를 부정하며 이는 미국 경제를 망가트리려는 중국의 음모라고 말한 적이 있지요. 포스트모더니즘의 긍정적인 면을 평가 절하할 수는 없지만, 가쿠타니와 리 매킨타이어의 주장대로 그것이 진실을 실종시킨다면 민주주의가 위태로워지고 파시즘이 도래할 수 있다는 그들의 경고를 심각하게 받아들여야 할 것입니다.

탈진실 현상에 대한 해결책은 아직 없어 보이지만, 시작은 분명해 보입니다. '반성'입니다. 더 정확히는 '자성'입니다. 정치인의 수준이 국민의 수준에 달려있다면, 그리고 푸코의 말대로 권력의 효과가 전적으로 미시 권력*의 변화에 달려있다면 국민이 변할 때 정치가, 민주주의가 바로 설 수 있습니다. 바꿔 말하면 작금의 상황이 디스토피아적이라면 그것은 파시즘화하는 미시 권력 때문입니다.

희망 속의 절망이 희망이 되게끔 자신을 내던졌던 미스 슬

---

* 미시 권력: 국가 기구 바깥에서 섬세하게 작동하는 권력, 즉 우리 삶을 규정한 일상적인 권력을 의미

로운. 우리가 그녀처럼은 못되더라도 '탈진실을 낳고 있는 자가 혹시 나 자신은 아닌지' 한 번쯤 되돌아봐야겠습니다. 우리의 희망적인 결말을 위해서!

〈미스 슬로운〉 Miss Sloane, 2016
감독 : 존 매든
출연 : 제시카 채스테인, 마크 스트롱
장르 : 드라마(스릴러)
등급 : 15세 관람가
러닝타임 : 132분

《진실 따위는 중요하지 않다》
The Death of Truth, 2018
미치코 가쿠타니 지음 / 김영선 옮김 / 돌베개

《포스트트루스》 Post-Truth, 2018
리 매킨타이어 지음 / 김재경 옮김 / 정준희 해제 / 두리반

3부

미안해서

아프고

고마워서 눈물 나는

새로운
인생을 논하다

산다는 것.
언제 어떻게 죽을지 모르는 인생에서
의미 있게 살아간다는 것은 대체 무엇이며
어떤 방법으로 가능할까요.
긴 터널을 지나는 동안 많은 걸 느끼고 살았지만
정작 변화를 위한 실천의 힘은 미약하기만 합니다.
일상의 회복이란 과거로 회귀하는 게 아니라
새로운 미래를 만들어가는 일이 되어야 합니다.
어쩌면 우리가 살아가야 할 삶의 모습을 그려보는 일은
지금이 마지막 기회일지도 모릅니다.
성찰로 우리를 인도할 두 날개,
'사유'와 '감각'을 활짝 펴고 날아오르길!

경이

다시, 아름다운 것을 느끼고 싶다

by 〈일일시호일〉&《안도현의 발견》

　주룩주룩 뿌리는 빗소리를, 추풍에 낙엽 쓸리는 소리를, 어린아이들의 재잘대는 목소리를, 지친 직장인들이 소주잔 부딪히는 소리를 가슴으로 듣지 못했던 시절. 그렇게 초록이던 일상이 빨강으로 바뀌어 멈춤이 길게 이어지는 동안 제 감정은 건조 주의보에서 건조 경보로 바뀌었습니다. 바싹 마른 감정으로는 무엇을 봐도, 무엇을 들어도 아무런 감흥이 일지 않았더랬죠.

　그렇게 마음에 단비가 필요할 때 나태주 시인처럼 가던 걸음을 멈추고 "자세히 보고 오래 보고" 싶은 어여쁜 것들을 찾아보곤 했습니다. 김춘수 시인처럼 가만히 그것들에 '이름'을 붙여주기도 했습니다. 안도현 시인이 쓴 산문집《안도현의 발견》의 부제처럼 '작고 나직한 기억되지 못하는 것들의 아름다움에 대하여' 다시 눈을 뜨고 귀를 기울이고 마음을 열고 싶었기 때문입니다. 살아있음에 감사하며 나아가 기어이 한 발이라도 내디딜 수 있게 말입니다. 그러다 보면 일일시호일! 하루하루가 좋은 날임을 새삼 깨닫고 삶의 비의도 환희로 바뀌겠지 싶더군요. 영화 〈일일시호일〉의 주인공처럼 말입니다.

차를 우리듯 인생에 스며들다

대학에 들어가면 평생을 걸 무언가를 찾을 것이라 믿었던 노리코. 시간은 바람처럼 흘러가고 친구들은 하나둘 취업 준비를 하지만 정작 그녀의 마음은 어수선하기만 합니다. 자신이 무엇을 하고 싶은지 알지 못하기 때문이지요. 동갑내기 사촌 미치코는 그런 자신과 달리 매사 똑 부러지고 결심한 것은 무엇이든 해내는 실천력의 소유자입니다. 자신과 정반대인 미치코가 신기하면서도 부러운 노리코는 우연한 기회에 미치코와 함께 다도 수업을 받게 됩니다. 스무 살의 봄이었습니다.

"왜 그렇게 하는 거예요?"

홀짝홀짝 마시는 차가 음료인 줄만 알았지, 차를 우리는 과정이 그렇게 까다롭고 복잡한지 몰랐던 두 사람은 당최 그 과정을 이해하기가 어렵습니다. 사사건건 왜 그렇게 하는 거냐고 묻는 그들에게 다케다 선생님은 이렇게 답하지요.

"왜냐고 물으니 내가 참 곤란하네요. 의미는 몰라도 되고 아무튼 그렇게 해요. 이상하다고 생각하겠지만 다도가 그런 거예요."

인생사도 매한가지. 살면서 닥치는 일 중에는 금방 알게 되는 일보다는 오랜 세월을 거쳐야만 조금씩 그 의미를 깨달아가는 경우가 더 많습니다. 노리코 역시 시간이 한참 지나서야 자신이 치러낸 일들의 참뜻을 알게 되지요. 아니 어쩌면 세월의 무게로 성숙한 우리가 지난 일들에 가치를 부여하는 것인지도 모르겠습니다. 가슴에 새겨진 상처일수록 훗날 더 찬란하고 영롱하게 채색되는 것일지도요.

다케다 선생님은 차는 배우는 게 아니라 익숙해지는 것이라 말하지만 노리코는 몇 년이 지나도 차를 알아가는 일이 어렵기만 합니다. '아직도 손이 좀 투박한 것 같다'고 선생님의 꾸지람을 듣질 않나, 후배들의 질문에 틀린 답만 하고 있질 않나, 노리코는 자신이 한심해 죽을 지경입니다. 그러나 이것은 차에 대한 앎의 부족 때문만은 아니었습니다. 살아가는 일도 그랬으니까요. 원하던 출판사 취업에 실패하고 아르바이트와 프리랜서 작가로 연명하는 불안한 삶, 결혼하기 두 달 전에 약혼자의 배신을 알게 된 비참한 삶이 그녀를 계속해서 구석으로 몰았는지도 모릅니다.

"제일 추울 때 피는 꽃도 있는 거지요."

풍년화를 바라보며 다케다 선생님은 인생길에 잠시 주저앉은 노리코를 위로합니다. 그리고는 내일이 입춘임을 알려줍니다. 어김없이 제때 찾아오는 절기처럼 인생에도 봄은 또 온다는 말을 전하고 싶었던 걸까요? 선생님의 말씀대로 노리코에게는 사랑이 찾아오고 부모의 품을 떠나 독립도 하게 됩니다. 그렇게 인생은 자연스럽게 흘러가기 마련이지요. 그러나 그 천연한 흐름은 나이든 사람을 땅으로 되돌아가게 하는 필연적 순환이기도 합니다. 딸을 독립시킨 뒤 유난히 외로워하던 노리코의 아버지는 작별 인사도 없이 그녀의 곁을 떠나고 맙니다. 벚꽃이 날리던 봄날, 슬픈 추억이 되어 떠나간 아버지. 하지만 노리코는 이미 알고 있습니다. 인생의 일이란 언제나 갑작스러운 것이어서 슬픔은 시간을 들여 익숙해져야 하는 일이라는 걸. 차를 우려내는 일처럼.

시간을 들여 익숙해진다는 것. 기실 다도에 익숙해지는 것은 손의 감각으로만 되는 일이 아니었습니다. 눈과 귀가 함께 필요한 일이었지요. 어느 날부터 노리코는 여름 장맛비와 가을비 소리가 다르다는 걸 느끼게 되었습니다. 그것은 찻물의 소리를 구별하게 만들어 찬물이 떨어지는 경쾌한 소리와 더운물이 떨어지는 뭉근한 소리의 차이를 알게 했지요. '때'에 맞게 걸려 있는 족자를 보는 안목도 함께 커졌습니다. 글자도 그림도 머리가 아닌 가슴으로 읽게 되는 법을 서서히 터득하게 된 것입니다.

처음 다도를 시작할 때 '차는 형태를 먼저 잡고 거기에 마음을 담는 것'이라 했던 다케다 선생님의 말씀이 어느덧 노리코 안에 구현되었습니다. 차를 알지 못했다면 노리코가 겪어야 했던 일들은 한낱 고통으로만 남았을지 모릅니다. 그 고통을 담아내는 그릇이 형태를 갖추는 일이야말로 고통을 새로운 각성과 통찰로 만들어내는 모태가 되는 셈입니다. 차를 대하는 일과 인생을 대하는 일은 별개의 것이 아니었습니다.

"차의 대접은 차의 완성입니다. 주인이건 손님이건 생애 한 번뿐인 만남이라 여기고 정성껏 해야 하지요. 또한 매일 차를 마셔도 같은 날은 다시 오지 않아요. 생에 단 한 번이다, 생각하고 임해주세요."

일기일회(一期一會)의 마음으로 비 오는 날엔 빗소리를 듣고, 눈 오는 날에는 눈을 보고, 여름에는 푹푹 찌는 더위를, 겨울에는 살을 에는 추위를 온전히 느끼는 것. 온몸으로 매일

매 순간을 살아 숨 쉬는 모든 생명의 기운을 느끼며 상통할
수 있다면 그것이 바로 일일시호일, 매일매일이 즐거운 날을
사는 비결이겠지요.

사소한 기쁨으로 삶을 채우다

절기의 변화와 함께 노리코의 인생 여정을 수채화처럼 때
론 서정시처럼 풀어낸 〈일일시호일〉은 안도현 시인이 쓴 산
문집《안도현의 발견》과 참 잘 어울리는 영화입니다. "남들이
미처 찾지 못한 것을 발견하고 그 대상에게 사랑에 빠지는 사
람은 누구나 시인이 된다."는 서문의 첫 문장처럼 영화의 주
인공 노리코는 다도를 통해 세상의 다양한 것을 새롭게 보고
들으며 오감으로 감응할 줄 아는 시인이 되었습니다. 노리코
가 다도를 만난 것은 행운이었지만 그녀처럼 모두 특별한 계
기가 필요하다고는 생각하지 않습니다. 누구라도 시인이 될
수 있습니다.

"버섯을 알려면 우선 버섯과 친구가 되어야 할 것인데, 버
섯의 벗이 되려면 버섯보다 많이 큰 내가 먼저 버섯의 높이로
땅에 엎드리면 된다는 것입니다."

〈가을과 버섯〉*이라는 글에서 김성호 교수의 입을 빌려 썼지만 안도현 시인의 자세가 아마 이러할 겁니다. 그렇게 발견된 것들이 소개된 이 책은 시인처럼 살려는 우리에게 훌륭한 길잡이가 되어줍니다. 시인이 이끄는 대로 길가의 이름 모를 풀꽃과 나무, 물속에 사는 생물들, 지나쳤던 물건에 무시로 눈길을 주면서 걷다 보면 목적지가 그리 멀어 보이지 않거든요.

그런데 시인은 왜 '작고 나직한 기억되지 못하는 것'들에서 더 큰 아름다움을 느꼈던 걸까요? 문득 이 부제를 보면서 크다와 작다의 차이에 대해 생각하게 됩니다. 크고 작음이 물리적인 크기와 부피를 의미하는 것은 아니겠지요. 그것은 아마 관심과 주목의 정도를 뜻할 겁니다. 우리는 예쁘고 화려하며 향기가 나거나 군집해 있는, 그러니까 어떤 식으로든 전면에 등장해 존재를 과시하는 것들에 시선을 자주 뺏기니까요.

으레 뒤에 있는 것일수록, 작은 것일수록 무심히 존재합니다. 누구의 시선도 신경 쓰지 않고 제멋대로 당당히 서 있습니다. "100년에 한 번 핀다는 대꽃이 나라가 망하거나 말거나 꽃을 피우려고 기를 쓰고 대나무 속에 웅크리고 산다"**는 시인의 표현이 적확합니다. 혹은 '개불알풀꽃'의 한자 이름인

---

*   https://m.khan.co.kr/opinion/column/article/201610242108005#c2b
** 〈대밭〉 중에서

지금(地錦), 즉 "땅에 비단처럼 낮게 깔려"* 저희끼리 서로 주인공이 됐다가 조연이 됐다가, "내가 너이고 네가 나인 것처럼"** 어우러져 있기도 하지요. 인간의 세상살이가 힘든 이유 중 큰 비중을 차지하는 게 바로 '관계'인데 자연의 존재 문법에는 '나는 나답게 동시에 조화롭게'가 가능한 것 같습니다. 경쟁이 아닌 공존과 상생으로 살아가기 때문일 겁니다.

시인이 소개하는 '똥말'도 마찬가지입니다. 2008년에 경주마로 데뷔해서 2013년에 은퇴한 똥말은 101번의 경기에서 101번 패한 한국 경마사상 최다 연패를 기록한 말의 별명입니다. 사람이었다면 영락없는 실패자로 무시당했겠지만 '똥말'이라는 별명은 곧 '차밍걸'로 변합니다. 이길 확률이 없는 선수나 팀을 응원하게 되는 심리, '언더독 효과'가 똥말에게 적용된 거지요. 사람들은 차밍걸을 두고 '패배의 매력'이라 말합니다. 시인의 표현을 빌린 매력의 의미는 이렇습니다. "존재한다는 것, 그것은 나 아닌 것들의 배경이 된다는 뜻이다."*** 차밍걸이 101번의 경기에서 우승한 말들의 배경이 되었기에 그 매력적인 이름의 주인공으로 거듭난 것입니다. 그

---

*　〈개불알풀꽃〉 중에서

**　〈나는 너다〉 중에서

***　《연어》(안도현 지음) 중에서

런데 저는 차밍걸이 '자신의 속도'를 알고 그 속도대로 최선을 다해 달렸다는 점에 점수를 주고 싶습니다. 상대와의 경쟁, 상대에 대한 승리와 무관하게 자신만의 레이스를 즐기며 그 자체가 위대한 도전의 기록이 되게 한 것만으로 차밍걸의 매력은 충분하다고 봅니다.

속도 얘기가 나왔으니 초속 5센티미터에 관해서도 얘기해보겠습니다. 가늠되십니까? 초속 5센티미터의 속도가 대체 어느 정도인지. 벚꽃 잎이 허공에서 낙하하는 속도가 그 정도라고 하는군요. 〈초속 5센티미터〉에서 시인은 "여기까지 시속 100킬로미터로 달려왔지만/ 여기서부터 나는 시속 1센티미터로 사라질 테다"라는 김선우 시인의 〈마흔〉이라는 시를 빌려와 '천천히'를 강조합니다. 맞습니다. 우리의 오감을 여는 가장 '빠른' 방법은 바로 '천천히'입니다. 그래서 나이를 먹어가는 것이 저는 좋습니다. 천천히가 가능해지기 때문이에요. 몸이 쇠약해지는 탓도 있지만 이제는 시간이, 세월이 좀 천천히 가주길 바라거든요. 김선우 시인처럼 지난날 저도 시속 100킬로미터를 지향하며 살았습니다. 젊은 시절에 누군들 그러지 않을까요. 그런데 나이가 들어갈수록 과속으로 달려온 것이 후회스럽습니다. 소중한 것들을 놓치고 산 것이 아닌가 싶어 이제라도 그러지 말아야겠다고 의식적으로 느림을 추구하지요. 보이지 않던 무수한 작은 것들이 보이고, 들리지 않던 속삭임들이 이제는 들립니다.

물론 느림을 알게 해준다는 이유로 나이듦을 예찬할 수는 없습니다. 나름의 애환이 있으니까요. 다만 노리코처럼 다도를 배운다거나 서예, 요가, 전통 공예 등 속도를 늦춰주는 무언가를 젊을 때부터 가까이한다면 놓친 것에 대한 아쉬움으로 스스로를 야속해야 할 필요는 없을 것입니다. 머리로 배운 것은 금세 잊어도 몸으로 배운 것은 쉬이 잊히지 않잖아요. 다케다 선생님이 강조했던 '익숙해지는 것'도 중요한 일이고요. 앞서 언급했듯 형식은 형식으로만 그치지 않고 몸으로 익힌 것들은 훗날 그릇으로 작용하기 마련입니다. 내용물이 있어도 담을 그릇이 없다면 소용없는 일이 아니겠습니까.

오감을 통해 세상 만물과 교감하는 사람에게는 한 가지 공통된 특징이 있습니다. '거짓 없고 순수한 본심, 혹은 초심'을 갖고 있다는 것인데요. 즉 '동심'입니다. 시인이 적시한 이 표현은 중국 명나라 말, 이지(이탁오)라는 사상가가 한 말입니다. 그릇이 없어도, 나이가 많아도 동심으로만 세상을 바라볼 수 있다면 그 어느 것 하나 눈에 띄지 않거나 들리지 않는 것이 없을 겁니다. 또 동심은 '감탄하는 능력'입니다. 아이들의 말끝에 "우와!", "짱이다!" 같은 감탄사가 많은 것은 바로 그 때문이지요. 신기하고 놀랍고 감동이 밀려올 때 내뱉는 말. 경이로움을 마주할 때 터져 나오는 일성. 우리가 이 감탄의 능력을 되살리지 않는 한 그 어떤 아름다움 앞에서도 감응은 없을 것입니다. 대상을 향해 시선을 맞추고 발견을 일상으로 하는 시인조차도 동심의 회복은 어려운 모양입니다. 이런 기도를 바치는 걸 보면 말입니다. 그러니 우리, 쉽지 않다고 절망하지는 말아요!

> 휴대폰을 들여다보는 시간에 흔들리는 나뭇잎을 보게 하시고, 나뭇잎이 튕겨 올리는 햇빛 한 오라기도 감격하는 눈으로 바라보게 하소서. 당신으로 하여 내 마음속 물관부에 늘 사시사철 서늘한 물이 흐르게 하소서!
>
> -〈기도〉중에서

〈일일시호일〉 Every Day a Good Day 日日是好日, 2018
감독 : 오모리 타츠시
출연 : 쿠로키 하루, 키키 키린, 타베 미카코
장르 : 드라마
등급 : 12세 관람가
러닝타임 : 100분

《안도현의 발견》, 2014
안도현 지음 / 한겨레출판

self와 together, 둘 다 놓치지 마세요

by 〈먹고 기도하고 사랑하라〉&《살아 있다는 것은》

누구나 다니는 길을 다니고/ 부자들보다 더 많이 돈을 생각하고 있어요/ 살아 있는데 살아 있지 않아요/ 헌 옷을 입고/ 몸만 끌고 다닙니다/ 화를 내며 생을 소모하고 있답니다/ 몇 가지 물건을 갖추기 위해/ 실은 많은 것을 빼앗기고 있어요/ 충혈된 눈알로/ 터무니없이 좌우를 살피며/ 가도 가도 아는 길을 가고 있어요

– 〈요즘 뭐 하세요〉 중에서

남아도는 시간을 대체 어떻게 보내야 하는가!

어쩌면 살면서 이런 고민을 처음 해봤을지도 모릅니다. 독서, 영화나 드라마 감상이 좋았던 것도 잠시, 무기력과 고독의

지배력은 상당했습니다. 어떤 분은 그 시간을 감사하게 느꼈을 수 있습니다. 강제성이 없었다면 나 자신과 그토록 깊고 오래 대면할 기회가 어디 그리 쉽게 왔을까요. 깊든 얕든, 길든 짧든 사실 누구라도 한 번쯤은 이제껏 내가 어떻게 살아왔는지, 앞으로 어떻게 살아갈지, 내가 좋아하고 싫어하는 것은 무엇인지에 대해 생각해봤을 겁니다. 그것은 분명 다양한 관계 속에서의 내가 아닌, 구체적이고 실제적이며 즉자적인 존재로서의 나라는 사람에 대한 본질적 물음이었을 겁니다. 위의 시에서처럼 '가도 가도 아는 길'을 걸어왔더라도 내가 찍어 온 발자국을 찾아내려는 자기 탐구의 시도였으리라 생각합니다.

사람들이 토로하는 최대 난제는 관계입니다. 왜 우리는 관계가 버거운 걸까요. 타인의 마음이 내 마음과 같지 않아서겠지요. 타인의 마음을 읽는 것은 어렵고도 불가능한 일이니까요. 그러나 솔직하게 말해 우리를 난처하게 만드는 경우가 꼭 타인 때문만은 아닙니다. 타인의 마음을 알기 위해 노력했던 만큼의 절반이라도 나 자신을 알고자 노력했다면, 또한 외부를 향해 자신의 속내를 진실하고 정확하게 표현하고자 애썼다면 생각보다 훨씬 원만한 관계가 형성되고 유지됐을 겁니다. 그러니까 관계의 중심은 바로 '나'인 것입니다. 흔들리지 않는 나무로 서 있기 위해 나라는 사람의 뿌리를 잘 내려야 하는 것이지요. 그런 이후에야 기둥을 세우고 가지를 내며 잎이 자라게 할 수 있습니다.

쉬운 일은 아닙니다. 늘 그렇듯이 머리로는 알지만, 실천은 어렵습니다. 어쩌면 〈먹고 기도하고 사랑하라〉에 나오는 리즈가 선택한 방법이 조금은 도움이 될지도 모르겠습니다. 영화속 리즈의 방법을 똑같이 해볼 수는 없겠지만 그녀 마음의 동선은 함께 따라가 볼 수 있을 겁니다. 아울러 문정희 시인이 《살아 있다는 것은》에서 들려주는 시와 에세이가 마치 해설서처럼 우리 가슴에 길을 내어 목적지로 인도하리라 생각합니다.

> 그대 사랑하는 동안/ 내겐 우는 날이 많았었다//
>
> 아픔이 출렁거려/ 늘 말을 잃어 갔다// (…)
>
> -〈찔레〉중에서

그토록 남편을 사랑했는데, 결혼 생활은 리즈의 마음대로 흘러가지 않습니다. 사랑과 결혼은 정말 다른 층위의 문제라는 걸 실감하는 그녀. 그렇다고 이혼이 쉽냐 하면 세상에, 이전쟁은 또 뭐란 말입니까. 한 남자를 사랑한 대가가 이렇게 좋지 못한 결과를 남길 줄 리즈는 상상도 못 했겠지요.

어렵게 이혼했으면 한동안 남자를 멀리할 법도 한데 그녀는 금세 다른 남자를 만나 마음을 기댑니다. 깊은 사랑에서 비롯된 만남은 아니었지만 헛헛한 마음을 채우기가 힘들었던 거지요. 그녀는 홀로 설 준비가 되지 않은 채 혼자가 되었던 거예요. 당연히 그 관계는 초반부터 자주 삐걱댔습니다. "맨몸뚱이로 바닥에 가라앉아 우울의 끝의 끝, 참패와 고독으로 나뒹굴게"* 되었지요. 고심 끝에 그녀는 떠나기로 합니다. 한 트럭밖에 안 되는 짐을 컨테이너에 싣고 혈혈단신으로 말입니다.

그렇게 해서 가장 먼저 도착한 곳은 이탈리아. 리즈는 먹고, 먹고 또 먹습니다. 파스타, 피자, 아이스크림 등등. 먹는 사람들을 보고 있는 것만으로도 기분이 좋아지고 배부른 이곳! '복부 인격'이 날로 높아지던 어느 날, 친구가 맛있는 피자 앞에서 절식을 선언하자 리즈는 흥분하며 이런 말을 합니다.

"난 이제 막 먹을래. 아침마다 전날 먹은 거 생각하며 머리 쥐어뜯고 칼로리 계산하며 샤워하는 것 정말 싫어. 구속을 벗어날 거야. 살이 쪘다고? 그럼 큰 바지를 사면 되지!"

"군살은 완충 스펀지라고, 나를 보호하기 위한 신의 배려이며, 모든 옷이 몸에 맞는다면 그건 재앙"**이라고 한 시인의 말이 자기 위안인들 어떻습니까. 리즈는 큰 바지가 있는데 맛

---

* 〈바다〉 중에서
** 〈알몸의 시간〉 중에서

있는 음식을 외면하는 것은 죄라고 말합니다. 먹는 행위가 단지 배 속의 위장을 채워 만족감을 주기 위한 것만은 아니라면서요. 그녀는 그곳에서 만난 사람들과 영혼의 교감을 나누며 충만함을 느낍니다. 물론 그들 앞에는 늘 음식이 놓여있었지요. 추수감사절이 되자 리즈는 미국식으로 식탁을 가득 차려 이탈리아 친구들을 감동시키기까지 합니다.

어쩌면 우리는 뇌에게 속고 있는지도 모릅니다. 위장이 비었을 때만이 아니라 영혼이 배고플 때도 똑같이 허기를 느끼는 것으로요. 리즈가 자신의 이탈리아어 선생인 지오반니에게 영어를 가르쳐주겠다며 테이블 위에 있는 와인병을 들고 "치료사Therapist!"라고 하는 장면이 딱 그런 경우를 대변하지요. 술이야말로 '영혼'을 위한 완벽한 음료입니다. 음식이라고 다를 바 없습니다.

결국 '먹는다'는 행위는 미각, 시각, 후각, 청각, 촉각의 오감을 통해 육체와 영혼 모두를 포만하게 해주는 것입니다. 그렇게 스스로 풍요로워졌기에 어느 날 리즈는 말끔하게 이별하지 못한 연인 데이비드와의 관계를 정리할 용기를 얻을 수 있었습니다. "두렵지만 한 번은 무너져야 다시 시작할 수 있다."는 아우구스테움에서의 깨달음을 그녀는 마침내 본인의 인생에 적용해 성공할 수 있었던 거죠.

나의 신 속에 신이 있다/ 이 먼 길을 내가 걸어오다니/ 어디
에도 아는 길은 없었다/ 그냥 신을 신고 걸어왔을 뿐// (…)
// 아직도 나무뿌리처럼 지혜롭고 든든하지 못한/ 나의 발이
살고 있는 신/ 이제 벗어도 될까, 강가에 앉아/ 저 물살 같은
자유를 배울 수는 없을까/ 생각해보지만// 삶이란 비상을 거
부하는 가파른 계단// 나 오늘 이 먼 곳에 와 비로소/ 두려운
이름 신이여! 를 발음해 본다// 이리도 간절히 지상을 걷고
싶은/ 나의 신 속에 신이 살고 있다

― 〈먼 길〉 중에서

리즈가 도착한 두 번째 나라는 인도입니다. 문정희 시인은
"상투적으로 흘러가는 일상에서 영혼의 즙이 짜내어지지 않
아"* 여행을 떠나곤 했다고 말했습니다. 그것은 피와 상처를
각오한 자유를 쟁취하기 위함이었으며, 그 자유는 한 인간으
로서 그리고 이 시대의 시인으로서 당당히 홀로서기를 하고
싶은 열망 때문이었다고 고백합니다.

리즈 역시 마찬가지입니다. 이탈리아에서 겨우 한 걸음 내
디뎠지만 그녀는 자신을 규정하는 단어를 고작 '엄마의 딸'로

---

* 〈먼 길〉 중에서

밖에 말하지 못하는 상태였습니다. 진정한 내면의 평화를 찾기 위해 인도를 찾게 된 그녀는 곧바로 명상에 돌입합니다. 고요한 적막 속에 오로지 자신의 목소리만을 들어야 하는 그 행위들이 만만할 리 없습니다. 고작 몇 분간에도 온갖 상념에 지배당하고 맙니다.

그나마 기도 시간은 좀 나을까요? 여럿이 함께 기도문을 외우거나 노래를 불러대니 상념이 자리 잡을 틈은 없었지만 역시 쉽지 않습니다. 해본 사람은 압니다. 간절할수록 기도가 나오지 않는다는 것을요. 잔소리꾼에서 친구로 변한 리처드가 유용한 방법 하나를 알려주지요.

"기도가 필요한 사람을 찾아봐. 그 사람을 위해 간절하게 기도해. 그럼 마음이 편해져."

이 영화를 통해 처음 알게 됐습니다. 간절한 기도를 하고 싶다면 내가 아닌 남을 위해 하라는 것을요. 또 기도는 내 마음을 다스림으로써 평화를 얻는 행위가 아니라는 것을요. 기도란 사랑의 에너지를 선순환시켜 평화가 자연스레 깃드는 행위였던 것입니다. 리즈의 기도 속 주인공은 가족의 강요에 못 이겨 어린 나이에 결혼하게 된 17살의 소녀였고, 예상컨대 리즈를 위한 기도는 친구 리처드의 몫이었을 것입니다. 그렇게 해서 리즈가 얻은 결론은 바로 이겁니다. 신은 내 안에 있다! 문정희 시인이 얘기한 "밤마다 홀로 기대고 울 수 있는, 슬픔도 향기롭게 하는 나만의 별 하나"*를 찾은 셈이지요. 인도 여행은 나름 성공적이었습니다.

> 빛은 해에게서만 오는 것이 아니었다/ 지금이라도/ 그대 손을 잡으면/ 거기 따뜻한 체온이 있듯/ 우리들 마음속에 살아 있는/ 사랑의 빛을 나는 안다// 마음속에 하늘이 있고/ 마음속에 해보다 더 눈부시고 따스한/ 사랑이 있어// 어둡고 추운 골목에는/ 밤마다 어김없이 등불이 피어난다// (…)
>
> ─〈체온의 시〉중에서

1년 전, 자신의 삶을 예언했던 케투를 만나기 위해 다시 발리를 찾은 리즈. 여행의 종착지입니다. 간절한 노력 끝에 리즈는 자신 안에 있는 '별' 하나를 발견함으로써 신을 만나고 삶의 의욕과 열정을 소생시키는 중이었지요. 하지만 완성의 상태는 아니었습니다. 긴긴밤을 지나 비로소 아침이 되려는 찰나, 하루 중 가장 어둡다는 여명을 지나는 중이라고나 할까요. 해가 뜨기 직전, 아직은 어둠과 빛의 경계에 머무르는 상태였

---

* 〈별 키우기〉중에서

던 것입니다. 그런 그녀에게 케투는 말하지요.

"행복하게 살려면 도를 넘지 말아야 해. 신도 자신도 너무 믿지는 말고. 한쪽으로 치우치면 혼란스러워. 균형을 잃으면 힘도 잃지."

그러나 어렵게 찾은 그녀의 균형을 무너뜨리려 하는 일이 기어이 발생하고야 마는데요. 그것은 바로 '사랑'입니다! 다시 찾아온 사랑을 쉬이 받아들이지 못하는 리즈의 마음은 시인의 마음과 똑같아 보입니다.

> 수많은 사랑과 이별에 이미 익숙해 있으면서도 아직도 첫 경험처럼 가슴이 우기로 가득 차오른다. (…) 그러나 나는 또 수많은 사랑과 이별을 더 치러야만 할 것이다. 몸속에 따스한 피가 흐르고 지순한 숨결이 내 가슴 안에 살아 있는 한, 우리는 사랑과 이별을 마치 지병처럼 치러내지 않으면 안 된다.
> -〈찔레〉중에서

사랑과 이별을 반복하느라 지칠 대로 지쳐서 급기야 자아를 잃었다고 생각하는 리즈였습니다. 어렵게 찾은 균형과 마음속 평화를 잃을까 봐 겁이 나는 건 당연하지요. 그녀를 사랑하는 펠리페가 아무리 믿음을 주어도 사랑은 '위험한 감정

놀음'일 따름입니다. 결국 "찰랑이는 햇살처럼 곁에 있던 사랑에 이름을 달아주지 못한 채 눈부시게 보내버리고 오래오래 그리워하는"* 안타까운 선택을 하는 리즈.

시인은 말합니다. 우리 대부분은 사랑도 이별도 제대로 하지 못한다고요. 아릿아릿한 감정을 가지고 정서적인 게임만 즐기며 사랑을 흉내 내었을 뿐, 본연의 진정한 사랑을 하지 못한다고요. 그러니 남는 건 흉터뿐. 그래서 시인은 강조합니다. 이 시대 우리에게 진심으로 필요한 건 사랑에 대한 예찬이나 애호가 아닌 '용기'와 '실천'이라고요.

그렇다면 진정한 사랑은 어떤 것일까요? 시인은 알려줍니다. 날카로운 모서리에 부서져도 상처 내지 않고 아낌없이 온몸을 풀며 촉촉한 대지 속으로 돌아가는 빗방울 같은 것, 쉽게 이해할 수 없는 것을 헤아리는 마음을 갖는 것, 추운 겨울날에도 차갑게 식지 않고 잘 순환하는 내 피만큼 따뜻한 사람이기를, 내 살만큼 부드러운 사람이기를, 내 뼈만큼 곧고 단단한 사람이기를 바라며 네 피와 살과 뼈를 만날 날을 소망하는 것.

처음으로 돌아가 "가도 가도 아는 길"이라고 해서 그 길이 꼭 나쁜 것만은 아닐 겁니다. 관건은 누구와 함께 가느냐, 하

---

* 〈순간〉 중에서

는 것이지요. 홀로 와서 홀로 가는 게 인생이라 해도 혼자 외롭게 서 있는 것이 홀로서기의 진정한 의미는 아닐 테니까요.

저 홀로 아름다울 수 있는 것은 이 세상에 없습니다. 저 홀로 화려한 것은 감동이 없습니다. 아름다움은 '사이'에서만 존재하는 것이고, 그것들의 조화 속에서만 발현되는 것입니다. 사랑이 아름다운 이유는 '사이'에서 진주가 탄생하기 때문입니다. 서로가 서로를 보듬어 각자의 상처를 진주로 탄생하게 도와주는 고귀한 나눔이 바로 사랑입니다. 펠리페에게 건네는 리즈의 마지막 한 마디를 통해 그녀가 마침내 자신의 뿌리를 굳건히 내리고 제대로 가지를 뻗고 있다는 걸 확신했습니다. 그 말은 이태리어로 '함께 건너자'는 뜻이거든요.

"아트라베시아모Attraversiamo!"

〈먹고 기도하고 사랑하라〉 Eat Pray Love, 2010
감독 : 라이언 머피
출연 : 줄리아 로버츠, 하비에르 바르뎀, 리차드 젠킨스
장르 : 드라마
등급 : 15세 관람가
러닝타임 : 139분

《살아 있다는 것은》, 2014
문정희 지음 / 생각속의집

우리를 존재하게 하는 보이지 않는 망(網)

by 〈미안해요, 리키〉&《강의》

배달 음식 주문 앱 사용량이 폭발적으로 증가하고 포장 용기들은 일회용으로만 쓰기에는 아까울 만큼 진화했습니다. 명절이나 지내야 나올 법한 쓰레기양이 거의 매주 대형 쓰레기 포대에 쌓이는 걸 보고 있노라면 죄책감이 절로 듭니다.

이게 끝이 아니지요. 이런 현실에는 분초를 다투며 뛰어다니는 택배 기사들의 애환이 녹아있습니다. 배달 건수는 몇 배로 늘어났지만, 배송 시간은 오히려 줄어들고 있습니다. 새벽 배송, 당일 배송, 총알 배송 등 소비자 편의에 맞춘 택배 서비스들이 정착되고 있습니다. 어떻게 이런 기현상이 가능해졌을까요?

사실 우리는 답을 알고 있습니다. 택배 기사들의 과로사, 아파트 주민들과 기사들 사이의 갈등 등 택배와 관련한 기사들이 자주 나오니까요. 문제가 터질 때마다 해결은 되고 있지만 그들과 우리의 삶이 분절되어있다는 느낌을 지울 수 없습니다. 실상은 개선되고 있지 않은데 눈 감고 귀 닫은 채 무심하게 살고 있는 건 아닐까요? 정말로 그들의 삶은 우리의 삶과 전혀 무관할까요?

우리가 꿈꾸는 다른 세상은 비정상의 세상인가

안 해본 일 없는 리키는 심지어 무덤 파는 일도 해봤답니다. 그동안 성실하게 일해왔지만, 이런저런 사정으로 그만두고 막 새로운 일을 시작하려는 참입니다. 친구 헨리에 의하면 개인 사업자이자 가맹주가 되는 거라네요. 바로 택배 기사입니다. 지점장은 '승선한다'는 표현을 씁니다. 고용 시스템이 아니라서 계약도 없고 목표 실적도 없다고 합니다. 누구를 위해서 일하는 것도 아니라고요. 세상에, 어쩌면 이렇게 민주적이고 합리적인 일이 또 있을까요. 지킬 것은 딱 하나, 바로 '배송 기준'입니다. 물품의 종류, 주소, 배송 시간 등이 입력된 스캐너, 일명 '총'만 믿으면 됩니다. 지점장의 표현을 옮기면 이렇습니다.

"이 기계가 누가 살아남고 누가 죽는지 결정하니까 바코드 기계를 행복하게 하세요."

켄 로치 감독의 영화 〈미안해요, 리키〉의 앞부분에는 이 제목이 반어법일까 싶을 만큼 행복한 상황이 펼쳐집니다. 택배용 밴을 사기 위해 방문 간병인 일을 하는 아내 애비의 차를 팔아야 했지만, 몇 년만 일하면 대출도 갚고, 집도 차도 살 수 있다고 큰소리를 치는 리키를 보니 부디 그의 일이 순조롭게 풀리기를 바랐지요. 그러나 짐작하듯 그것은 '불행의 시작'이었습니다.

"휴가를 쓸 수 있을까요?"

"지난주에 4명이 찾아왔어. 누구는 딸이 자살을 시도했다고, 누구는 아내한테 쫓겨났다고, 또 누구는 치핵 수술을 했다고, 누구는 누이가 쓰러졌대. 끝도 없어. 가정이란 언젠가는 문제가 생기게 돼 있지. 내 아버지는 소를 키우셨는데 말이야. 그 분한테 휴가가 있었을까? 잘 들어. 사람들이 모두 나를 '나쁜 놈'이라고 욕하는데 잘못 알고 있는 거야. 내가 왜 최고인 줄 알아? 난 불평불만, 화, 분노, 증오를 연료로 사용해서 이 녀석(스캐너)을 행복하게 하니까. 난 더 큰 거래처를 원해. 내 기사들과 자네 가족을 위해서 말이야. 쉬고 싶어? 그럼 하루에 백 파운드를 내."

아들이 크고 작은 사고를 치면서 집안이 어수선해지자 리키는 지점장에게 휴가를 요청합니다. 하지만 그 자리에서 바로 거절당하지요. 지점장의 말이 틀린 건 아닙니다. 리키의 사정도 사정이지만 누구에게나 피치 못할 일이라는 게 있는 거니까요. 그런데도 우리에게는 지켜야 할 선이라는 게 분명 있습니다. 기어이 넘어가지 말아야 할 명백한 지점 말입니다.

강도한테 물건을 도둑맞고 폭행당해 머리와 폐가 다쳤을지도 모르는 와중에도 지점장은 리키의 안부를 묻거나 걱정하는 대신 그가 물어내야 할 돈의 액수를 냉정하게 읊습니다.

"회사가 사람을 이렇게 취급해도 되는 거예요? XXX야. 이 썩을 기계(스캐너)랑 휴대폰 가지고 망해버려! 다시는 내 가족 괴롭히지 마!"

어떤 상황에서도 평정심을 잃지 않던 애비가 분노를 주체 못하고 욕설을 내뱉는 것은 지극히 당연한 일이었지요.

켄 로치만큼 한평생을 노동자의 편에 서서 그들의 목소리를 담아낸 감독은 없을 겁니다. 나직하지만 묵직하지요. 이 영화를 보자마자 신영복 선생님의 《강의》가 자연스레 떠올랐습니다. 늘 낮고 구석진 곳을 바라보며 특유의 돌올(突兀)한 가르침을 주셨던 이 시대의 진정한 스승. 《강의》는 동양 고전의 독법을 '관계'라는 화두 하나로 관철한 책입니다. 세상과 사람으로부터 자주 상처받고 사는 우리를 각성시켜 다시금 '관계' 속으로 내던져주는 최고의 책입니다.

> 우리가 맺고 있는 인간관계도 이러합니다. 속사람을 만나지 못하고 그저 거죽만을 스치면서 살아가는 삶이라 할 수 있습니다. 모든 사람이 표면만을 상대하면서 살아가지요. 나는 자본주의 사회의 인간관계를 '당구공과 당구공의 만남'이라고 표현하기도 합니다. 짧은 만남 그리고 한 점에서의 만남입니다. 만남이라고 하기 어려운 만남입니다. 부딪침입니다.

택배 기사들의 만남은 기실 부딪침조차 없습니다. 비대면이 원칙이니까요. 신영복 선생님이 끊임없이 강조하시는 말씀은

'인간은 인간관계'를 뜻하며, 산다는 것은 곧 사람을 만나는 일이라는 것입니다. 삶이란 기본적으로 우리가 조직한 '관계망'에 지나지 않으므로 관계를 벗어나 홀로 살 수 있는 사람은 아무도 없습니다.《주역》을 통해 이것을 자세히 설명하고 있는데요. "실위(失位)도 구(咎)요 불응(不應)도 구(咎)이다. 그러나 실위(失位)이더라도 응(應)이면 무구(無咎)이다." 실위(자리를 잃는 것)도 허물이고 불응(조화를 이루지 못함)도 허물이지만 자리를 갖지 못해도 서로 조화하면 허물이 없다는 뜻입니다. 다시 말해 사람들 사이에서 조화를 이루는 '응(應)'이야말로 삶을 저변에서 지탱하는 중요한 요소라고 설명합니다. 집이 좋지 않아도 좋은 이웃을 만나면 좋은 집이 되고, 좋은 동료들이 있는 곳이 좋은 직장인 것이라고 부연하면서요.

그렇게 사람과 사람과의 만남의 연속으로 이루어지는 것이 삶일진대 택배 기사는 고객을 만나지 못한 채 단순히 물건만 전달하는 사람으로 전락했습니다. 스캐너에 모든 것을 의존한 채 기계보다 못한 인간이 되었습니다. 이것을 오롯이 택배 기사가 감당하는 게 맞는 일일까요?

신은 호흘이라는 신하가 한 말을 들은 적이 있습니다. 언젠가 왕께서 대전에 앉아 계실 때 어떤 사람이 대전 아래로 소를 끌고 지나갔는데 왕께서 그것을 보시고 "그 소를 어디로 끌고 가느냐?"고 물으시자 그 사람은 "흔종*에 쓰려고 합니다."라고 대답했습니다. 그러자 왕께서 "그 소를 놓아주어라. 부들부들 떨면서 죄 없이 도살장으로 끌려가는 모습을 나는 차마 보지 못하겠다." 하셨습니다. 그러자 그 사람이 대답했습니다. "그러면 흔종 의식을 폐지할까요?" 그러자 왕께서는 "흔종을 어찌 폐지할 수 있겠느냐, 소 대신 양으로 바꾸어라."고 하셨다는데 그런 일이 정말로 있었는지 모르겠습니다.

《맹자》의 곡속장(穀觫章)에 나오는 구절입니다. 뒤이어 맹자는 다시 묻습니다. 죄 없이 사지로 끌려가는 소가 측은했다면 어째서 소와 양을 차별할 수 있냐고 말입니다. 왕이 웃으면서 대답했다지요. 죄 없이 부들부들 떨면서 사지로 끌려가는 소를 차마 볼 수 없긴 했는데, 정말 무슨 마음으로 그랬는지 모르겠다고요. 맹자는 이 사례를 통해 제선왕이 인(仁)을 실천하는 왕이라고 인정합니다. 신영복 선생님의 해석 또한 마찬가지입니다. 동물에 대한 측은함이 곡속장의 핵심이 아니라 '본다'는 사실 그 자체가 중요하다는 것입니다. '본다'는 것은 '만

---

* 흔종: 새로 종을 만들 때 제물로 바치는 동물의 피를 종에 바르고 제사를 지내는 일

난다'는 것이고 만나면 서로 '알게 된다', 즉 '관계'의 중요성을 간파하는 일화로서 우리에게 '불인인지심(不忍人之心)', 참지 못하여 차마 모른척 하고 지나칠 수 없는 마음이 필요하다는 것을 말하고 있습니다.

만남이 없기 때문에 우리의 인식에는 택배 물건만 있습니다. 물건만 전해주는 사람, 기계보다 못한 사람이라는 표현에는 그래도 '사람'이 있지요. 무서운 것은 소비자의 인식 속에 과연 사람이 있냐는 것입니다. 어느 기사에서 음식물 쓰레기 수거를 하는 분이 했다는 말이 생각나네요. "주민 얼굴을 보지 못하지만, 그 집에 사는 음식물 쓰레기의 얼굴은 잘 안다."는 말이었습니다. 물기를 제거하지 않아 매번 봉투가 터지게 하는 얼굴, 벌레가 자주 끓게 하는 얼굴, 정량보다 넘치게 버리는 얼굴, 달걀 껍데기나 닭 뼈처럼 버려서는 안 될 것을 버리는 얼굴 등. 그것을 치우는 '보이지 않는' 사람에 대한 배려가 없다는 게 그 얼굴들의 공통점입니다.

신영복 선생님은 이를 두고 만남이 없고 지속성이 없는 관계에서 발생하는 '부끄러움의 실종' 때문이라고 진단합니다. 부끄러움이라는 감정은 관계가 지속될 때만 형성되는데 당구공과 당구공의 만남처럼 한 점에서 잠깐 스치듯 끝나버리니 서로에 대한 배려, 인간다움 따위가 생겨날 리 없다는 것이지요.

불인인지심이 없는 상태에서는 소매치기나 폭행 사건이 눈앞에서 벌어져도 구경만 합니다. 대량 살상이 가능한 첨단 무기를 생산하는 일도 마찬가지입니다. 다시 만날 일 없는 완벽한 타인의 일이기에 나와는 상관없는 일이 되어버리는 것입니다.

자본주의 속성이 우리를 그렇게 만들었다는 게 신영복 선생님의 말씀입니다. 자본주의 부작용이 조금도 해소되지 않은 채 비대면 원칙까지 맞닥뜨린 현실에서는 '보이지 않는 나와 연결된 타인을 이해'하려는 인식과 실천이 더욱 필사적으로 필요합니다. 인간이 아무리 사회적 동물이라고는 하나 서로 피해를 주지 않는 선에서 각자 자기 할 일을 하며 사는 것이 무엇이 문제냐고 할 수도 있겠지요. 나 하나 살기도 벅찬 시대에 굳이 모르는 타인에게 왜 우리가 시선을 돌리고 관심을 두고 이해까지 해가며 살아야 하는지 의구심이 들 수도 있습니다.

언뜻 타당한 말처럼 들리지만, 신영복 선생님은 이는 타당하지 않다고 말합니다. 인성이란 배타적으로 자신을 높여나가는 어떤 능력이 아니라, 다른 사람과의 관계에 의해서 이루어지는 것이기 때문입니다. 그런 의미에서 인성은 여러 개인이 더불어 만들어내는 장(場)의 개념이라고 설명합니다. 리키의 가족에서 볼 수 있는 것처럼 한 가족이 비슷한 가치관과 정서를 갖는 것은 가족 구성원이 형성한 공통의 인성 때문입니다.

그렇게 보면 인성은 결국 공동체, 즉 사회의 본질로 귀착합니다. '보지 않음'으로써 관계망이 파괴되는 현상은 곧 인성의 후퇴와 소멸로 이어질 수 있습니다. 그렇게 되면 인간은 제대로 된 삶을 지탱할 수 없습니다. 내가 아프든, 가족이 쓰러지든, 아이가 비뚤어 나가든, 재해로 이재민이 생기든, 사건·사고로 피해자가 속출하든, 어디선가 전쟁이 나든.

> "수많은 집을 다니며 얼굴 보고 말 섞는 고객 중에 진심으로 자네 안부를 묻는 사람 있어? 그들은 자네가 졸다가 버스를 박아도 신경 안 써. 가격, 배송, 손에 쥔 물건 외에는 관심도 없다고. 이 기계 (스캐너)를 믿는 게 나은 거야."

영화 속 대사지만 허구만은 아닙니다. 적나라한 현실입니다. 그러니 겸애(兼愛)와 상리(相利)를 강조하는 묵자의 가르침이, 화접지몽의 비유로 서로가 서로에게 물들기를 바라는 장자의 꿈이 한낱 이상주의로 치부되는 게 이상하지 않습니다. 휴가를 얻기 위해 리키가 다른 기사들과 논의해 공동으로 대체 기사를 구하는 상생 방안을 제안했지만, 그 작은 시도조차 성공하지 못하는 걸 보면 현실은 언제나 이상을 뛰어넘지 못하는 것 같습니다.

저는 이런 공허한 현실에만 머무르진 말자고 외치고 싶습니다. 당신에게 내일을 배달하고 싶다는, 우리에겐 다른 세상이 가능하다고 말하고 싶어 하는 켄 로치 감독의 영화가 있는 한. 《주역》의 박괘*를 통해 '희망'을 부르짖는 신영복 선생님을 기억하는 한.

> 어쨌든 희망은 현실을 직시하는 일에서부터 키워내는 것임을 박괘는 이야기하고 있습니다. 가을 나무가 낙엽을 떨어뜨리고 나목으로 추풍 속에 서듯이 우리 시대의 모든 허위 의식을 떨어내고 우리의 실상을 대면하는 것에서부터 희망을 만들어가야 한다고 생각합니다.

〈미안해요, 리키〉 Sorry We Missed You, 2019
감독 : 켄 로치
출연 : 크리스 히친, 데비 허니우드
장르 : 드라마
등급 : 12세 관람가
러닝타임 : 101분

《강의》, 2004
신영복 지음 / 돌베개

---

* 박(剝)괘: 주역 64괘 중에서 가장 어려운 상황을 나타내는 괘. 절망의 괘이지만 그 절망이 곧 희망의 기회임을 이야기하고 있다.

인간성을 되찾을 수 있는 곳을 소개합니다

by 〈흔적 없는 삶〉&《에콜로지카》

"나는 당신을 깨우기 위해 태어났습니다. 지구는 울부짖었지만, 당신은 들으려 하지 않았습니다. 전쟁은 끊이지 않고, 탐욕은 멈출 줄 모르고, 증오와 죽음이 넘쳐도 당신은 최신 아이폰을 갖는 게 더 중요했지요. 이제야 당신은 지구가 어떤 상태인지 느낄 수 있게 되었습니다. 열이 오르고 호흡이 가빠졌지요. 고통받는 지구처럼. 비로소 당신은 삶에 진정으로 중요한 것이 무엇인지 생각하기 시작했습니다. 지구의 이야기를 들어주세요. 당신 영혼의 소리에 귀 기울여주세요. 그렇지 않으면 나는 더 강력하게 되돌아올 것입니다."

"아무것도 아닌 이 하찮은 것에 흔들리는 인류. 코로나19 바이러스라 불리는 작은 미생물이 지구를 뒤집고 있다. 전쟁을 멈추고, 세금을 낮추고, 오염을 줄였다. 그리고 시간을 주었다. 가족과 함께하는 시간 말이다. 일은 더 이상 우선이 아니고 여행과 여가가 성공의 척도가 아니다. 인간의 나약함과 연대의 가치, 돈으로 해결되지 않는 문제들, 평등과 휴머니즘을 이해하기 시작했다. 우리는 누구인가? 우리의 가치는 무엇인가? 이 코로나19 바이러스 앞에서 우리는 무엇을 할 수 있나? 여러 가지를 질문해보자. 그리고 살아있는 우리 자신을 사랑하자."

2020년 봄, 한창 SNS를 뜨겁게 달궜던 글들입니다. 앞의 것은 〈디 아시아N〉의 편집장인 비비안 라이츠가 쓴 '코로나19 바이러스가 인류에게 보내는 편지Coronavirus Letter to Humanity'를 요약한 것이고 후자는 무스타파 달렙으로 알려졌으나 실제는 작자 미상인 글을 줄인 것입니다.

비비안 라이츠의 글에서 경고한 것처럼 코로나19 바이러스는 '강력하게' 예상보다 빨리 진화를 거듭하며 다가왔으나 인류는 괄목할 만한 변화를 보여주지 못했습니다. 파탄 난 경제와 파괴된 일상의 복구는 중요합니다. 생존의 문제이니까요. 그리고 시급하게 해결해야 할 당면 문제도 분명히 있습니다. 그러나 인류가 이 위기를 풀어갈 근원에 다다랐는지 묻는다면 자신 있게 답하기 어렵습니다. 경제의 회생과 일상의 복구라는 당면 문제가 지구를 살리는 일보다 먼저일까요? 인류가 깨닫고 실행해야 할 일은 진정 무엇일까요.

인간을 '종속'시키는 건 다름 아닌 인간

영화 〈흔적 없는 삶〉에 나오는 윌과 톰은 숲속에 살고 있습니다. 그야말로 자연 생태적인 삶입니다. 자세한 내막은 알 수 없지만, 윌은 전쟁에서 돌아온 후 외상 후 스트레스 장애로 사람과 어울려 살 수 없게 되었습니다. 아내는 죽고 청소년이 된 딸 톰과 단둘이 야생의 삶을 살아가지만 불편한 것은 없어 보입니다. 존재하되 존재하지 않는 것처럼 조용히 사는 두 사람. 그러나 사회가 정한 법에 의하면 윌은 두 가지 잘못을 저지르는 중입니다. 국립공원에 거주하는 것과 처방받은 약을 파는 일입니다. 전자는 집이 없으니 할 수 없고, 후자는 커가는 딸에게 부족한 영양을 채워주기 위한 돈벌이 수단이지요. 주로 단백질, 여유가 되면 초콜릿도 삽니다.

공원에 오는 사람이나 공원 관리자들에게 들키지 않으려 만전을 기했지만, 탐지견의 수색엔 속수무책이었습니다. 결국 그들은 복지과 사람들에 의해 어디론가 끌려가 '시스템'에 알맞은 사회적 인간으로 거듭나길 강요당합니다. 노동 이론가이자 생태주의 이론가인 앙드레 고르의 표현대로라면 그들은 주체를 빼앗긴 것입니다. '타자로서의 나'가 된 것이지요. 사회적 인간이 되는 길은 제도가 만든 정형화된 시험들을 통과하는 것이었습니다. 월은 그 검증을 위해 무려 435개의 질문을 받아야 했습니다. 그것으로 끝난 것이 아니라 월은 집을 무상으로 받는 대신 집주인에게 노동력을 제공해야 했습니다. 집주인은 크리스마스트리 나무를 키워파는 대규모의 농장주로 월은 타의와 강제에 의해 그의 직원이 되었습니다.

앙드레 고르는 《에콜로지카》에서 "노동자는 노동을 자기 생명의 부분을 이루는 것으로 간주하지 않는다. 그것은 차라리 그 생명의 희생이다. 그것은 그가 제삼자에게 내준 상품이다."라고 《노동 임금 그리고 자본》(1849)에서의 마르크스의 말을 인용하면서 '타자'로서 우리의 정체성을 규정하는 것은 바로 이런 '역할'과 '기능'이라고 지적했습니다. 그렇게 안전과 보호의 명목으로 사실상 종속을 강요당하는 프롤레타리아, 월의 삶은 딱 그렇게 규정된 역할과 기능으로 채워지기 시작했습니다.

"아빠, 저는 이 집이 좋아요."

그렇지만 아이는 적응이 빠릅니다. 짧은 기간이었는데도 그 사이 톰은 동네 친구를 사귀고 자전거 타는 법도 배웠습니다. 윌을 노동으로써 프롤레타리아로 적응시킨다면 톰은 교육이라는 사회화 과정으로 권력과 규칙, 즉 사회 체제에 순응하게끔 훈련될 예정이었지요.

"만약 학교 애들이 날 이상하게 생각하면 어쩌죠? 우리가 살았던 방식 때문에 말이에요."

이미 톰의 마음에는 '주체로서의 나'가 아닌 '타자로서의 나'라는 인식이 싹트고 있었습니다. 다른 사람의 판단이 왜 중요하냐는 말에도 근심을 떨치지 못하는 톰을 보며 윌은 탈출하기로 결심합니다. 그리고 이전보다 한층 더 고립될 수 있는 곳을 향해 나아갑니다. 그 길이 얼마나 험난할지는 그들의 입에서 나오는 입김만큼이나 확연하게 보였습니다. 지칠 대로 지친 톰은 이미 손과 발에 감각이 없어진 상태. 설상가상 비까지 내리는 상황이었지요.

"이대로 자다가 얼어 죽을까요?"

시스템의 힘이란 이토록 강력한 걸까요. 이 말은 진짜로 죽는 것이 두려웠다기보다 과거 방식대로의 삶을 더는 원치 않는다는 톰의 고백이었습니다.

　다음 날, 가까스로 오두막을 발견하고 먹거리를 찾아 나선 월. 산속에 홀로 남아 아빠를 기다리는 톰에게 뭔가 불길한 느낌이 왔습니다. 아니나 다를까, 발목이 부러진 채로 정신을 잃은 아빠를 발견한 톰은 마침 숲 속을 지나는 사람들의 도움을 받아 월을 살려냅니다. 자신들과 같은 삶을 사는 사람은 없을 거라 생각했는데 그 숲에는 이미 다양한 사람이 군락을 형성해 살고 있었습니다. 고르가 정의한 유토피아가 그곳과 닮았을 것 같다는 느낌이 드는 그런 곳이었습니다. 공동협력자율생산을 실천하는 공간, 노동을 '주는' 것이 아니라 자연과 공존하면서 각자의 생산 수단으로 '하는' 사람들. 그들의 일과 삶은 인간다웠고 풍요로워 보였습니다. 과잉된 필요와 욕망이 보이지 않았기 때문이지요.

　자본주의 사회 안에서 그들은 결코 살아남을 수 없는 사회 부적응자이자, 반사회 세력 취급을 받았을 것입니다. 각자 남모를 사연들이 있겠지요. 아픔은 아픔을 알아보는 법. 그들은 어렵지 않게 월과 톰을 포용해줍니다. 속세로부터 떨어져 작고 소박한 일상을 영위하면서도 '더불어' 사는 삶을 실천하는 그들을 보며 톰은 생애 처음으로 사람 사이의 온기와 안정을 경험합니다. 시스템이 준 안락과는 차원이 다른 것이었지요.

톰은 빠르게 변화합니다. 그들의 삶이 이제는 고립이 아니라 자연에의 순응이자 자립처럼 느껴졌지요. 반면 아빠는 달랐습니다. 다친 몸을 보살펴주고 대가 없이 자신들을 품어준 사람들 사이에서도 여전히 부유하는 먼지처럼 떠날 준비만 합니다. 그런 아빠를 톰은 이해할 수 없습니다. 채 낫지 않은 몸으로 또다시 길을 나서는 아빠를 따라가다 끝내 걸음을 멈추는 톰.

"할 수만 있다면 아빠가 머물렀을 거란 걸 알아요."

톰은 아빠를 원망하지 않습니다. 전쟁은 톰이 이해하려 한다고 해서 이해될 수 있는 게 아니기에 아빠의 선택을 존중했습니다. 톰의 마음을 아는 건 윌도 마찬가지. 어느새 성장해서 독립하려는지, 친구를 사귀어 늦은 귀가를 하고 자전거를 혼자 탈 수 있게 됐을 때 그는 분명 느꼈습니다. 톰은 자신이 생각한 것보다 훨씬 많이 컸다는걸. 그리고 자신의 기대보다 더 잘 컸다는걸. 딸이 도시가 아니라 '유토피아' 공동체의 일원이 되려 했기에 윌 역시 안심이 되는 것이겠지요.

부녀는 마지막 포옹을 나누며 서로를 아름답게 놓아줍니다. '사랑해'를 뜻하는 그들만의 '쯧쯧' 신호가 언제나 숲속을 가로질러 서로의 귓가에 전해질 것을 믿으면서.

유토피아는 불가능한 게 아니다

　미래에 대한 예측이 무의미해 보이는 지난 몇 년간 '어떻게 살 것인가'에 대한 질문에 답을 찾을 수 없었습니다. 그랬기에 데브라 그래닉 감독의 영화 〈흔적 없는 삶〉과 앙드레 고르의 《에콜로지카》를 만난 것은 길 잃은 광야에서의 나침반과도 같았습니다. 이 두 작품이 던지는 메시지는 같지만 영화로는 가슴을, 책으로는 머리를 채울 수 있었습니다. 위로와 깨달음을 동시에 얻을 수 있었지요. 《에콜로지카》는 윌과 톰의 삶, 생태 공동체의 현실이 단지 영화 속에나 있는 것이 아니라는 걸 설명해주었습니다.

　고르의 말처럼 공동협력자율생산이라는 유토피아는 아직 실현 불가능합니다. 그런데도 그는 지구 어딘가에선 그러한 공동체 형성을 위해 사회적 실험을 해야 한다고 말합니다. 다른 세상의 '가능성'을 설득하며 우리에게 어떤 '목표'를 제시하고 싶었던 것이죠. 자본주의 허상이 점점 드러나는 지금 이런 가능성과 목표가 다양한 위기 상황을 해결하는 해법이 될 수 있다고 그는 조심스럽게 주장합니다.

　우리에게 새로운 패러다임이 필요하다는 사실은 의심의 여지가 없습니다. 고르가 말한 '다른 경제, 다른 생활 방식, 다른 문명, 다른 사회적 관계'의 전제 조건은 욕망과 탐욕을 버려야 하는, 어쩌면 혁명에 가까운 처방일 수 있습니다. 자본주의 시스템, 신자유주의 이념이 팽배한 오늘날 욕망이 거세된 인간을 기대하는 건 쉬이 이룰 수 있는 일이 아닙니다. 그러나 그는 사회를 기존 시스템으로 지속시키는 것도 이미 늦었다고 진단합니다. 자본주의가 내적 한계에 부딪혔기 때문입니다.

> 자본은 자본 증식을 위해 상품 생산에 의지하는 정도가 점점 줄어들며, 아무것도 생산하지 않는 '금융산업'에 의지하는 정도가 점점 더 심해진다. (…) 투기 거품은 매번 언젠가는 가라앉게 되어있고 결국에는 은행의 대차대조표에 나타난 실체 없는 금융자산을 부채로 만들어버린다. 곧바로 그 뒤를 이어 새로운, 보다 더 커다란 거품이 형성되지 않는 한 거품이 꺼지게 되면 당연히 줄도산을 불러오고, 결국에는 세계 금융 시스템의 붕괴를 몰고 온다. (…) 교환가치에 기초한 경제의 하강은 이미 시작되었으며 그 정도가 점점 더 심해질 것이다. 문제는 경제 하강이 끔찍스러운 위기의 형태를 띨 것인가, 아니면 자율적 체계를 갖춘 사회를 선택하여 임금 노동자와 상품 관계를 뛰어넘은 곳에 다른 경제와 문명을 세우게 될 것인가이다.

'경제적 탈성장'을 목표로 하면서 동시에 우리가 찾아야 할 답은 이 사회에서 무엇이 성장해야 하는지, 우리에게 정말 필요한 부(富)는 어떤 부이어야 하는지를 새롭게 규정하는 것입니다. 그 답의 실마리를 주기 위해 우리에게 팬데믹이 닥친 거라면 예상외로 문제는 쉽게 풀릴 것도 같습니다. 프랑스, 영국, 스코틀랜드, 독일, 스페인 등 유럽 각국에서는 코로나19가 발생하기 한 해 전부터 '기후 시민의회'를 조직해 시민들이 직접 정부 정책과 시민 실천 방안을 심층적으로 논의하기 시작했습니다. 더 이상 기후 위기는 캠페인 차원이 아니라는 건데요. 가장 적극적인 행보를 하는 나라는 프랑스입니다. 프랑스 하원은 헌법 1조에 기후 변화 대응을 국가 의무로 명시하는 내용인 "국가는 생물 다양성과 환경 보존을 보장하고 기후 변화와 싸운다."는 조항을 추가하는 방안을 가결했습니다. 이러한 움직임은 앞으로 더 구체적으로 일상을 파고들어 점진적이되 전폭적인 변화를 이끌어낼 것으로 보입니다. 일상의 모든 활동이 지역 내에서 가능하게 하는 지역사회 선순환 구조, 탄소 중립 실현을 위한 맞춤형 직업 훈련 등 소비, 일, 주거와 커뮤니티, 주택, 이동, 여행, 식사, 농업, 토지를 포함한 거의 모든 삶의 방식에 대해 그 어느 때보다 심각하게 현실화할 방안을 모색하고 있습니다. 이 정도면 '인간 욕망의 자기 제한'에 대해 긍정적인 해석을 내놓은 고르의 혜안이 단지 이상으로만 그치지 않을 것 같습니다.

고르는 여기에서 한 발짝 더 나아가 일자리 나누기와 기본 소득(생계 수당)의 보장을 주장하는데, 코로나19 상황에서 비정기적인 셧다운이 서민의 삶을 망가뜨리는 걸 목도하면서 최소한의 생계 유지를 위한 기본 소득의 필요성은 사회적 공감과 동의를 얻은 바 있습니다. 다만 고르는 특정 조건 하에서가 아닌 무조건적인 보장이 되어야 한다고 주장합니다. 이 주장은 지금도 급진적으로 여겨지지만, 고르는 생태 중심의 노동 이론과 자본주의의 대안을 이미 1970년대부터 지속해서 연구·주창해왔습니다.

> 생계 수당 요구의 목적은 실업자나 고용 불안정 상태에 있는 사람들이 자신을 팔지 않아도 살아갈 수 있게 하려는 것입니다. 베르크만의 말을 따르자면 "인간의 활동을 고용의 독재로부터 해방하는 것입니다." (…) 삶의 질과 삶의 의미, 어떤 사회나 문명의 질은 바로 이러한 내재적 부에 달린 것입니다. 이러한 부는 주문 생산할 수 있는 것이 아니지요. 생명의 운동 자체에 의해서, 그리고 일상의 관계에 의해서만 생산될 수 있습니다. (…) 인간 능력 및 인간관계의 성숙을 좌우하는 이

런 모든 자유로운 활동들, 규정되지 않은 활동들이 가능하려면 무조건적인 사회 수당이 요구됩니다. 이는 인간이 스스로 인간다움을 한껏 드러내게 해주고, 인간다움을 자기 존재의 의미이자 절대적 목적으로 삼게 해주는 활동들입니다. (…) 생산 활동이 인간다움을 꽃피울 수단이 되어야 하지 그 반대가 되어서는 안 됩니다.

이 정도에 도달하는 것은 아직 요원합니다. 지구를 살리는 일과 인간다운 삶의 영위가 다르지 않다는 인식이 공유되기까지 제법 시간이 걸릴 테니까요. 먼저 자연의 일부일 뿐인 인간이 만물의 영장임을 자처하며 인간의 존엄성을 우월한 이데올로기로 삼는 것에 대해 성찰해야 합니다. 그러기에 이제 막 제기되고 있는 '휴머니즘에 대한 반성'은 매우 고무적입니다. 휴머니즘의 반성을 시작으로 생태론적 사유로 나아가는 것이 우리의 과제이겠지요. 이것만이 인간이 인간다울 수 있는 노동, 모든 생명에의 차별 없는 평등한 존중과 공존을 가능케 할 것입니다. 〈흔적 없는 삶〉과 《에콜로지카》가 우리의 마음에 조용하나 깊은 파문을 일게 할 것이라 믿습니다.

〈혼적 없는 삶〉 Leave No Trace, 2017
감독 : 데브라 그래닉
출연 : 벤 포스터, 토마신 맥켄지
장르 : 드라마
등급 : 12세이상관람가
러닝타임 : 108분

《에콜로지카》 Ecologica, 2008
앙드레 고르 지음 / 임희근, 정혜용 옮김 / 갈라파고스

두 발이 이끄는 기적 같은 변화

by 〈와일드〉&《걷기의 인문학》

'걷기'는 제 인생에 새로운 변화가 되었습니다. 앞서 밀집된 공간에 들어서면 공포가 생겼다고 했는데요. 그 증상으로 더는 실내 운동을 할 수가 없어 집 주변에 있는 호수공원을 걷고 또 걸었습니다. 그렇게라도 해야 마음속에 가득 찬 공허가 조금씩 없어질 것 같았거든요.

그동안 저는 삶은 '해석의 문제'라고 여기곤 했습니다. 때론 의미의 과잉이 저주처럼 느껴졌지만, 발걸음 하나하나에 이름을 붙여주지 않으면 바닷물에 쓸리는 모래알처럼 제가 걸어온 길이 흔적조차 없어질 것 같아 서글퍼지곤 했습니다. 물론 길이 사라져도 '걸어가고 있는 사람이 다름 아닌 나'라는 자각만으로 생은 이미 충분한 의미라는 것을 잘 알고 있습니다. 나라는 존재는 곧 생명이고, 생명의 가치란 생존 그 자체이니까요. 살아있다면 그것에 감사하며 '그냥' 살아가면 되는 것입니다.

> "나 아직 살아있어. 그게 내 유일한 소식이야. 그리고 이 여행에서 내가 배운 전부이기도 해."

영화 〈와일드〉에서 수천 킬로미터의 험난한 트래킹코스 PCT*를 걷던 셰릴이 전 남편에게 전한 안부의 말입니다. 자아를 되찾기 위한 여행이라면 '자존감을 조금씩 되찾고 있다'든 가 '삶이 다시 소중해지고 있다'든가 하는 거창한 말이 어울릴 법도 한데, 건네는 말이 '아직 살아있다'라니요. 하지만 목숨 걸고 절박하게 걸었던 그녀가 한 말이어서 저는 이 말에 믿음이 생겼습니다. 살아있다는 자체가 이미 모든 것이라는 사실을요.

모순적이게도, 그렇게 '생명 유지의 의무'를 철저하게 준수하기 위해 저는 끊임없이 실존적 자아의 허무주의와 맞서 싸울 수밖에 없습니다. 이것은 관성의 에너지로 살지 않겠다는

---

*   PCT(Pacific Crest Trail): 캘리포니아 남부 멕시코 국경지대인 캠포에서 워싱턴주 끝 캐나다 국경지대 매닝파크까지 이어지는 4,270 km의 미국 서부 종단길

투지이며 중력을 온몸으로 느끼겠다는 제 신념이기도 해요. 중력을 느끼려면 서 있어야 합니다. 더 좋은 방법은 걷는 것입니다. 걷는 것만큼 두 발의 감각을 극적으로 느낄 수 있는 건 없습니다.

그래서 〈와일드〉는 생명수와도 같습니다. 영화는 내내 걷는 것으로 채워져 있습니다. 2시간 동안 관객은 셰릴과 함께 걷습니다. 셰릴의 발톱이 썩어나갈 때 보는 사람의 발톱에도 죽은 피가 고이고, 작열하는 태양 아래에선 함께 숨이 막히지요. 그렇게 아픈 영화이지만 끝내 우리를 데려다줍니다. 생을 사랑할 수 있는 목적지에 말입니다.

이런 질문을 하게 됩니다. 대체 걷는다는 행위가 무엇인지. 무엇이기에 우리는 걸어야만 진리의 문 앞에 도달할 수 있는 것인지. 〈와일드〉뿐만 아니라 그와 비슷한 종류의 영화들을 볼 때 우리는 직감적으로 알 수 있습니다. 무언가 변화가 필요한 사람, 상처 입은 사람, 답을 구하려는 사람이 나오겠구나 하고요. 아마도 우리의 무의식에는 오래전부터 '길'이 곧 위로이자 치유의 상징이었나 봅니다. 대체 길에는 무엇이 있기에 걸으면 위로와 치유가 가능해지는 것일까요.

알코올 중독에 가정 폭력을 일삼는 아빠를 피해 셰릴과 남동생을 데리고 집을 나오면서부터 엄마의 고생스러운 삶은 예고된 것이었습니다. 엄마는 그런 상황에서도 웃음을 잃지 않고 노래를 부르며 춤을 춥니다. 배움에 대한 열정이 넘쳐 셰릴이 다니는 고등학교에 진학해 만학도로 살고 있습니다. 그런 행동을 셰릴은 이해하지 못합니다. 하지만 엄마는 이렇게 말하지요.

"엄마가 너에게 가르쳐줄 수 있는 한 가지는, 어떻게 하면 가장 최선의 너 자신을 찾을 수 있는가 하는 거야. 언제 그런 모습을 하고, 어떻게 목숨 걸고 그걸 지키는가 하는 것도. 엄마는 노력하고 있어. 쉽지 않지만 그럴 만한 가치가 있어."

그랬던 엄마가 갑자기 죽었습니다. 분명 의사는 1년이라고 했는데 진단을 받고 한 달 만에 떠나고 말았어요. 각막 기증까지 하고서 말입니다.

온전히 이해하기 어려울 만큼 엄마는 언제나 옳고 강했습니다. 셰릴에게 엄마는 '북극성'이었어요. 길을 잃지 않고 나아갈 수 있게 하는 유일한 기준, 믿음 그 자체. 엄마를 어이없이 보낸 뒤 셰릴은 나락으로 수직 낙하합니다. 마약과 외도를 일삼고 아빠가 누군지도 모르는 아이를 임신까지 합니다. 셰릴을 끔찍이 사랑했던 남편도 더 이상 그녀를 감당할 수 없었습니다. 세상 어디에도 그녀를 품어줄 곳이나 안아줄 사람이 없었지요. 그런 그녀의 눈앞에 보인 PCT 사진 한 장은 어쩌면 신의 계시였는지도 모릅니다. 기온 40도가 넘는 모하비 사막과 눈이 허리까지 쌓이는 시에라 산맥, 거친 바위산 틈틈이 곰, 여우, 뱀 등 야생동물의 위협이 산재한 곳, 그러나 단 하나의 안식처이기도 한 곳. 셰릴은 94일 동안 그 길과 완벽히 하나가 됩니다.

리베카 솔닛은 가장 실용적인 이동 수단인 동시에 철학적이고 예술적이며 혁명적인 인간의 행위가 '걷기'라고 말합니다. 《걷기의 인문학》은 제게 걷기에 관한 바이블이었습니다. 솔닛은 문학, 예술 등의 문화와 정치 등 각 분야에서 걷기의 역사를 톺아보며 걷기에 관한 새롭고도 심원한 의미를 깨치게 했습니다. 덕분에 걷는다는 행위가 무엇이며 왜 걸을 때라야 우리에게 에피파니*가 오는지를 조금이나마 알 수 있었습니다.

---

* 에피파니(epiphany): 우연한 순간에 귀중한 것들과의 만남, 혹은 깨달음을 뜻하는 통찰이나 직관, 영감.

이상적으로 볼 때 보행은 몸과 마음과 세상이 한 편이 된 상태다. 오랜 불화 끝에 대화를 시작한 세 사람처럼, 문득 화음을 들려주는 음표처럼. 걸을 때 우리는 육체와 세상에 시달리지 않으면서 육체와 세상 속에 머물 수 있다. 걸을 때 우리는 생각에 빠지지 않으면서 생각을 펼칠 수 있다.

팔다리를 교차로 움직이는 단순한 생리적 움직임이 철학적이고 예술적이며 혁명적인 행위로 이어지는 것은 이처럼 몸과 마음과 세상이 하나가 된 인간이 자연의 질서 속에 완벽히 편입되기 때문입니다. 두 발에서 전해져오는 감각이 오감을 깨우고 이내 인식의 나래가 펼쳐지며 사색과 사유가 춤추는 순간이지요. 애초에 몸과 마음이 하나인 것은 더 말할 필요가 없습니다. 중요한 사실은 자기 스스로를 사랑하지 않을 때 육체에 함부로 대하는 행위, 가장 흔하게는 과음, 폭식 혹은 거식, 심하게는 약물이나 섹스에의 중독, 자해를 저지르거나 자살에 이르게 하는 일련의 가학으로부터 우리를 지켜주는 가장 간단하고도 완벽한 행위가 걷기라는 점입니다.

셰릴의 경우는 집주변을 사부작사부작 걷는 정도의 산책으로 해결될 문제가 아니었습니다. 깊이 손상된 영혼은 '다른 차원의 가학'으로 볼 수 있는 혹독한 걷기가 필요합니다. 인간의 한계를 시험하는 치열한 극기로서의 걷기만이 치유를 가져다 줄 수 있지요. 대표적으로 순례가 이런 경우에 해당합니다. 솔닛은 걷기를 통한 치유를 이렇게 표현했습니다. "걸어가는 사람이 바늘이고 길이 실이라면, 걷는 일은 찢어진 곳을 꿰매는 바느질입니다. 보행은 찢어짐에 맞서는 저항입니다."

대체 걷는 일에서 어떤 작용이 일어나기에 그런 치유가 가능한 것일까요.

> 보행의 리듬은 생각의 리듬을 낳는다. 풍경 속을 지나가는 일은 생각 속을 지나가는 일의 메아리이면서 자극제이다. 마음의 보행과 두 발의 보행이 묘하게 어우러진다고 할까. 마음은 풍경이고, 보행은 마음의 풍경을 지나는 방법이라고 할까. 마음에 떠오른 생각은 마음이 지나는 풍경의 한 부분인지도 모르겠다. 생각하는 일은 무언가를 만들어내는 일이라기보다는 어딘가를 지나가는 일인지도 모르겠다. 보행의 역사가 생각의 역사를 구체화한 것이라고 할 수 있는 것도 그 때문이다. 마음의 움직임을 따라가는 것은 불가능하지만, 두 발의 움직임을 따라가는 것은 가능하잖은가 말이다.

셰릴의 엄마는 말했습니다. "일출과 일몰은 매일 있는 거란

다. 네가 마음만 먹는다면 그 아름다움 속으로 언제든 들어갈 수 있어." 4,300km에 이르는 길에서 황홀경에 빠트리는 산수가 어디 한둘이었을까요. 그러나 목이 타들어 가는 사막에서라면 얘기가 좀 달라집니다. 자연이 눈에 들어오기는커녕 생사의 갈림길에 서서 두렵고도 막막한 느낌이 들 것입니다. 여기서 이렇게 죽고 싶진 않다는 셰릴의 말은 자칫 유언이 될 뻔했습니다. 인간이 얼마나 미약한 존재인지를 완벽하게 가르치는 곳으로 사막보다 좋은 곳이 있을까요. 그 이유를 솔닛은 정확히 파악했습니다. 사막은 "백지처럼 텅 빈 장소"이기 때문이라고요. 텅 비었기에 "몸은 무의식적으로 움직이고 마음은 의식적으로 움직여 한 걸음 한 걸음이 영원의 시계추인 듯 고동치는"것을 생생히 느낄 수 있고, 그 느낌이 '땅은 크고 나는 작다'는 사유로 이어지는 것입니다.

자연 앞에 서야만 알게 되는 이런 겸손함은 삶을 어떻게 변화시킬까요. 솔닛은 걷는다는 보편적 행위에 특수한 의미가 부여되는 것은 그만큼 걸을 수 있는 공간이 부족해서라고 진단합니다. 대중교통의 발달과 생활 양식의 변화로 인간은 자연환경과 멀어졌습니다. 솔닛의 표현대로 자연환경은 분위기로서의 공간, 지형으로서의 공간, 볼거리로서의 공간, 경험으로서의 공간입니다. 수많은 의미를 지닌 공간과의 격리는 곧

'관계'의 단절을 의미합니다. 자연을 다시 마주하며 우리가 온몸으로 체득하게 되는 것은 다름 아닌 '새로운 관계 맺기'라는 것을 저는 이 책을 통해 다시 배웠습니다.

생명 탄생과 소생의 힘을 가진 땅으로부터의 원기를 오감으로 경험하고 반응하는 사이 우리의 정신은 육체와 다시 관계를 맺게 됩니다. 이는 결국 새로운 자아 정체성으로 이어지죠. 책 속의 표현처럼 걷기에 돌입한 우리의 상태는 "경계선 상태, 즉 과거 정체성과 미래 정체성 사이의 경계선에 놓인 상태이며, 이것은 기성 질서 밖에 있는 상태이자 가능성의 상태"인데 걷는 과정 혹은 완료된 시점에 새로운 자아 정체성 확립에 성공하면 결국 사회적 관계에서도 건강하게 뿌리를 내릴 수 있으리라 기대할 수 있습니다. 그래서 자연을 두고 '세상을 가르쳐주는 학교'라고 한 것은 매우 적절한 표현이지요.

걷는 것은 함께 말하는 것이다

'새로운 관계 맺기'를 좀 더 넓게 해석할 수도 있습니다. 이는 솔닛의 매우 탁월한 통찰이 돋보이는 부분으로 이 책의 정수입니다. 도시라는 공간에서 걷는다는 행위가 갖는 정치·사회·문화적 의미를 해석한 그녀의 시각 때문입니다.

> 물길의 폭이 줄어들면 물살의 강도와 속도가 늘어나듯, 빈 공
> 간이었던 곳이 거리가 되면 보행자들의 흐름이 방향과 세기
> 를 갖게 된다. 대도시에서는 장소뿐 아니라 공간도 설계 대상
> 이다. (…) 걷거나 주변을 둘러보거나 공공장소에서 시간을
> 보내는 것이 주요한 설계 목적이라는 뜻이다. 시민(citizen)이
> 라는 단어는 도시(city)와 관계가 있으며, 이상적 도시는 시민
> 권(citizenship), 즉 공적 생활에 참여할 권리를 중심으로 조직
> 되어있다.
> (…) 기념일의 걷기는 다 함께 걷기다. 그런 날의 큰길은 그날
> 의 의미를 두 발로 다지는 공간이다. 걷기는 기도도 될 수 있
> 고 섹스도 될 수 있고 땅과의 교감도 될 수 있고 사색도 될 수
> 있으니, 그런 날의 걷기는 발언이 된다. 많은 역사가 시민의
> 발걸음으로 만들어졌다. 자기 도시를 걸어서 헤쳐 나가는 일
> 은 정치적·문화적 신념의 육체적 표현이자 비교적 누구에게
> 나 열려 있는 공적 표현 형태 중 하나다.

이러한 시각이 중요한 까닭은 결국 인간은 사회적 동물이
라는 사실로 귀착되기 때문입니다. 끝내 나와 네가 연결되어

있다는 자각이야말로 자연 속에서의 걷기가 혼연히 체화된 증거겠지요. 당연히 이때의 '나'와 '너'는 두 발의 힘을 믿고 걸음을 내디딜 줄 아는 주체적 자아를 말합니다. 19세기를 대표하는 위대한 고전,《월든》의 저자 헨리 데이비드 소로의 표현으로는 이렇습니다.

> 모든 아름다운 것은 야성적이고 자유롭다.
> 가장 생기 있는 것은 가장 야성적인 것이다.
> 생기가 없다는 것은 곧 길들여져 있다는 말이다.
> 인간에게 길들여지지 않으면서도 야성의 존재는 인간에게
> 활기를 북돋아준다.

　소로는 일관되게 '야성'을 잃지 말 것을 주장했습니다. 그가 말하는 야성이란 바로 '정체성'이고, '나다움'입니다. 공동체는 야성을 가진 개인들의 집합이어야지, 길들여진 개인들의 집단이어서는 안 된다는 것입니다. 솔닛이 말했던 '발언'할 수 있는 자들이 바로 야성이 내재화한 사람들일 것입니다.

　걷기는 이제 저의 일부입니다. 셰릴처럼 제 안의 북극성을 찾은 것도 아니고, 제 안의 야성이 주변인들에게 전달될 만한 경지에 이른 것도 아니지만 한 가지 사실만은 분명히 알고 있

습니다. 걷는 동안엔 길을 잃은 것이 아니라는 것을요. 살아있
는 한 계속 걷고 있을 테니 길은 끊임없이 저를 깨어있게 할
겁니다. 이런 믿음이 생긴 것만으로 저는 이미 치유된 것일지
도 모르겠습니다.

〈와일드〉 Wild, 2014
감독 : 장 마르크 발레
출연 : 리스 위더스푼, 로라 던, 가비 호프만
장르 : 드라마
등급 : 18세 관람가
러닝타임 : 115분

《걷기의 인문학》 Wanderlust: A History of Walking, 2000
리베카 솔닛 지음 / 김정아 옮김 / 반비

4부

사람 때문에

주저앉고

사람 덕분에 일어나

다시,
사랑을 키우다

서로의 안녕을 묻는 가벼운 안부와 작은 마주침이
강력한 힘의 원천인지 이전에는 몰랐습니다.
팬데믹은 비단 코로나19라는
바이러스 하나만이 아니었습니다.
차별과 혐오, 배제와 폭력이라는 바이러스도
함께 생장하고 전파됐습니다.
우리를 이중으로 고통에 빠트린 그 바이러스들은
무엇으로 치료할 수 있을까요.
사랑뿐입니다. 오직 사랑이라는 백신,
사랑이라는 치료제밖에 없습니다.

혐오

부메랑이 되어 돌아오는 악순환

by 〈심판〉&《나와 타자들》

최근 몇 년간 아시아인을 향한 서양인의 혐오가 늘고 있습니다. 대항할 힘이 없는 여성 노인들을 향해서도 무차별적 폭행이 가해지지요. 그런데 이 현상이 비단 서양만의 문제였을까요? 아시아 내에서는 혐오 정서가 없었을까요?

군이 타인을 들먹일 것도 없습니다. 물리적 폭행 여부를 떠나 누군가를 향한 내 안의 혐오는 조금도 없었는지 스스로 질문을 던져볼 필요가 있습니다. 인종, 국적에 상관없이 편견과 차별 혹은 배제와 소외로 타인에게 상처를 준 적은 없었는지 말입니다.

문화 전쟁 이론을 제창한《문명의 충돌》,《제3의 물결》의 저자 새뮤얼 헌팅턴이 20세기 끝에서 던진 새로운 질문, "너는 누구냐?"에 대한 답은 21세기를 사는 우리의 몫이 되었습니다. 답을 하기 위해서는 우리의 모습과 현실을 제대로 직시해야 합니다. 그러나 직시 자체가 두렵거나 용기가 나지 않는다면 먼저 〈심판〉이라는 영화 속 인물들의 상황에 자신을 대입해보는 것도 좋겠습니다.

'의심스러울 땐 피고에게 유리하게'라는 원칙

영화는 카티아의 남편인 누리 세케르지와 그들의 6살 난 아들 로코가 폭발물에 의해 희생되는 사건으로부터 시작합니다. 카티아는 독일인이고 누리는 쿠르드족 출신 터키인입니다. 누리가 마약 밀매 혐의로 복역하는 동안 옥중 결혼식을 올린 두 사람은 누리의 출소 후에 로코를 낳고 단란한 가정을 이룹니다. 누리는 감옥에서 성실히 공부한 끝에 세금 고문과 통역가가 되었고요.

사고가 나던 날 카티아는 한 여자와 마주쳤습니다. 로코를 남편의 사무실에 맡기고 나오던 길에 한 젊은 여자가 새 자전거를 남편 사무실 앞에 그냥 세워두기에 "자물쇠 안 채우면 누가 훔쳐 가요!" 하고 호의의 말을 건넸는데, "금방 올 거라서요." 하고 뒤돌아 가버렸지요. 찰나의 마주침이었지만 카티아는 그 여자를 분명히 봤고 기억했습니다.

일을 마치고 남편과 아들을 데리러 온 카티아에게 두 남자는 더 이상 이 세상 사람이 아니었습니다. 경찰은 혼이 나간 그녀에게 몇 가지를 묻습니다.

"남편분 종교가… 이슬람교도인가요?"

"쿠르드인인가요?"

"정치 활동을 했나요? 집단을 위해 모금을 했다거나…"

"원한 관계는요?"

종교, 인종, 정치 성향, 잠재적 범죄 가능성. 누가 봐도 테러인 게 뻔한 사건인데도 경찰에게 누리는 희생자가 아니었습니다.

심문이 계속되면서 카티아는 점점 절망의 나락으로 떨어졌습니다. 남편 누리의 전과를 들먹이며 범죄에 연루된 보복 행위로 짜 맞춘 수사를 하는 것 같아서였지요. 내 남편은 살인자가 아니라 살해당한 피해자라고 절규했지만, 엄밀히 말해 경찰의 수사가 그렇게 된 데는 카티아의 잘못도 있습니다. 가택수색에서 마약이 발견됐거든요. 졸지에 가족을 잃은 그녀가 잠시나마 고통을 잊고 싶어 남편의 친구이자 자신의 변호사인 다닐로에게 얻어온 것이었죠. 경찰은 그것으로 남편 누리가 지속적으로 마약 밀매에 가담해 왔다고 여긴 것입니다. 희망을 잃은 그녀는 결국 자해를 하고 맙니다.

억울하게 먼저 간 남편과 아들이 손길을 뻗어준 걸까요? 그녀가 정신을 놓기 직전 솟아날 구멍이 나타났습니다. 범인이 잡혔다는 소식이었지요. 사고가 나던 날 마주쳤던 새 자전거의 주인, 그 여자를 경찰이 마침내 체포한 것입니다. 재판은 바로 시작되었습니다.

자전거를 놓고 간 여자와 그 여자의 남편은 나치 공범이었습니다. 범인의 시아버지, 그러니까 공범 남자의 아버지가 자신의 아들은 히틀러를 숭배하고 있다고 증언했고, 아버지의 신고로 아들 부부가 기거하는 창고에서 그들이 만든 사제 폭탄의 재료가 발견됐지요. 사고가 나던 날 그 부부가 그리스에 있는 호텔에 머물렀다고 (거짓) 증언한 그리스인 호텔 주인은 그리스의 네오나치 당원으로 밝혀졌습니다. 두 부부와 SNS로 소통하는 관계인 것도요.

그러나 결과는 패소.

"재판부는 피고(부부)가 무죄라 생각되어 무죄를 선고한 게 아닙니다. 제출된 증거에 합리적 의혹이 있어서입니다. '의심스러울 땐 피고에게 유리하게'라는 원칙에 따라 무죄를 선고한 것입니다."

증거가 부족하고, 약물 검사를 거부한 카티아의 진술을 믿기 어렵다고 본 것입니다.

변호사 다닐로는 더욱 강한 전투 모드로 항소를 준비하지만, 카티아는 돌연 그리스로 휴가를 떠나버립니다. 하염없이 바다를 바라보며 가족과 함께 여행 갔던 바다를 떠올리지요. 저장된 동영상으로 찾아본 행복했던 한때. 누리는 아들 로코를 목말 태운 채 바다로 뛰어들어갑니다. 로코는 선베드에 누워있는 카티아를 향해 소리칩니다.

"엄마도 들어와! 지금 빨리!"

눈을 떠도 감아도 들리는 아들의 목소리. 카티아는 드디어 결심합니다. 그녀의 손으로 직접 심판을 하겠다고.

바로 지금, 새로운 질문을 던질 때

"2000년에서 2007년 사이에 독일의 '국가 사회주의자 언더그라운드'는 이민자 9명과 경찰을 총살했고 여러 차례 폭탄 테러를 감행했다. 공격이 이유는 하나, 독일계가 아니어서다."

영화 말미에 자막으로 나오는 이 내용은 이 영화가 단순한 픽션이 아니라는 걸 말해줍니다. 무참히 파괴된 한 가정을 통해 당시 독일의 상황을 신랄하게 보여주며 독일 영화 특유의 직설적 문제 제기로 사유할 거리를 던져줍니다.

오스트리아의 철학자이자 저널리스트인 이졸데 카림은 자신의 저서 《나와 타자들》에서 언어, 시간, 공간, 문화를 공유한 민족 기반의 동질 사회가 20~30년 동안 천천히 사라졌다고 말합니다. 동질 사회를 대신해 자리한 것은 다원화 사회입니다. 자유로운 이민, 대규모의 난민과 이주 노동자 등으로 세계가 다종다양하게 변화했다는 것인데요. 우리에게는 '다문화'라는 단어로 익숙한 개념입니다.

그러나 이 변화에 대한 각국의 저항 역시 만만치 않다고 지적합니다. 동질 사회로의 귀환을 꾀하는 일련의 시도, 대표적으로 영국의 브렉시트와 미국의 우파 포퓰리즘을 통해 이 행태들이 새롭게 부활하고 있다고 본 것이죠. 다원화에 대한 방어는 위로부터든 아래로부터든 자주 시도된다고 그는 보았습니다. 사실상 되돌릴 수 없는 흐름인데도 다원화에 의해 '지역적'으로 극단의 방어가 나타나는 까닭을 카림은 매우 명철하게 진단합니다.

> 동질 사회란 그냥 원래부터 존재했던 것이 아니다. 저절로, 자연적으로 생성된 것이 아니라, 먼저 만들어져야 했다. (…)

폭넓은 정치 개입이 필요했으며, 종종 폭력과 억압이 동반되었다. 그러므로 동질 사회는 의도된 정치 행위의 결과다. (…) 다양성은 기분 좋은 공존이 아니다. (…) 공존은 존중의 결과가 아니라 사회적 논쟁과 싸움의 결과다. 기본적으로 사회 권력을 둘러싼 갈등과 투쟁이 놓여 있다.

공존이 힘든 이유는 다원화된 개인 모두가 '감소한 주체'이자 '작아진 자아'의 소유자가 되기 때문입니다. 혼합된 사회에서 '정상'의 개념은 사라지니까요. 누구든 자신의 정체성을 '정상'으로 주장할 수 없습니다. 개인은 단지 하나의 가능성일 뿐이어서 끊임없이 자신의 정체성을 재확인하고 새롭게 보증해야 합니다. 꽤 많은 수고가 필요하지요. 누군가는 이것을 자유와 해방으로 느끼겠지만 다른 누군가는 상실, 불안, 위협으로 느끼기 때문에 공존을 위한 갈등과 투쟁은 여전히 현재 진행형이라고 카림은 설명합니다.

다원화는 새롭게 오는, 즉 편입된 사람들만 바꾸는 것이 아니라 그곳에 있던 사람들도 변화시킵니다. 관련된 모든 사람에게 영향을 미치면서 사회 구성원이 그 사회에 소속되는 방식을 새롭게 규정하는 것이 다원화의 과정입니다. 이때 변화를 거부하려는 세력은 '배제'와 '제외'의 방법을 통해 패권 주도 문화를 확립하려 하는데, 가장 유용하고도 손쉽게 채택되는 것이 바로 '종교'와 '인종(혹은 민족)'입니다. 그래서 테러 희생자의 유족인 카티아에 경찰이 가장 처음 묻는 말이 '남편 종교가 이슬람교이냐'와 '그가 쿠르드인이냐'였던 겁니다. 여기서 중요하게 봐야 할 핵심 단어는 바로 '선택'입니다.

> 오늘날 우리는 신앙을 선택한다. 하나 또는 여러 개의 신앙을 개수와 상관없이 선택하는데, 핵심은 선택이다. 이 점이 과거 종교에 대한 이해와 완전히 다른 점이다. 선택은 세속적이기 때문이다. (…) 스스로 선택된 전통은(이 무슨 모순인가!) 과거 종교성과는 반대되는 효과를 낳는다. 세대라는 사슬에 배치되어 탈주체화되는 대신, 선택한 자아가 강화된다.

전통적 형태의 종교는 주어지는 것이었습니다. "세대라는 사슬에 배치되어 탈주체화"된다는 말은 종교가 대물림되는 전통에 기인한 것입니다. 신과 개인 간의 수직적 관계뿐만 아니라 조상과 후손을 잇는 수평적 관계도 보장했지요. 그러나 다원화된 사회에서는 종교마저도 다원화되어 여러 종교적 믿음이 서로 나란히 존재하는 것이라고 카림은 말합니다. 그래서 전통적 종교에 소속되어있어도 그것은 수동적 대물림이라기보다 능동적 선택의 결과로써 과거의 정체성과는 다른 형태의 '개종'된 믿음이 존재한다고 설명합니다. 카림은 30년 넘게 이슬람과 테러를 연구한 프랑스 정치학자 올리비에 로이의 말을 인용하면서 다음과 같이 밝힙니다.

> 로이는 테러가 전통 무슬림 공동체에서 나오지 않았다는 것을 보여 준다. 테러리스트들은 개종자이거나 2세대, 혹은 3세대 무슬림이기 때문이다. (…) 로이는 이슬람이 종교로서 테러를 방조하고 있는가를 묻지 않고, 어떤 방식으로 이 종교가 존재하는가로 질문을 바꾼다. 이슬람교가 전통문화로서 한 사회 계층과 환경의 지지를 받는지, 아니면 낯설거나 적대적인 생활 환경에서 탈영토화되고 상실감을 느끼는 개인들에 의해 정체성의 지표로 작동하고 있는지를 묻는다. (…) (이때) 종교적 규정이 핵심 역할을 한다. (…) 대부분의 개종자에게서 볼 수 있듯이 외면적으로 엄격한 자기 정체성을 지향하는 것이다. 바로 이 현상이 정확히 오늘날 이슬람 근본주의에서 일어나고 있다.

그래서 선택이라는 결정이 반드시 성숙을 위한 결정은 아니라는 카림의 분석은 대단히 적확합니다. 왜냐하면 바로 그 선택이 '근본주의'로 가는 관문이 되니까요. 대부분이 그렇게 변질한다는 걸 우리는 숱하게 확인하고 있습니다.

중요한 것은 '서양의 이슬람화에 반대하는 애국적인 유럽인들' 역시 이슬람주의자들과 완전히 같은 선에 있다는 카림의 주장입니다. 기독교든 이슬람교든 마찬가지라는 거죠. 둘 다 근본주의를 지향하고 있습니다. 영화 〈심판〉에 나오는 네오나치즘은 기실 이슬람주의와 같은 것으로 보아야 합니다. 이 둘은 종교의 대척이라기보다는 '다원화와 반다원화'의 갈등 혹은 '불완전한 정체성 대 완전한 정체성'의 싸움입니다. 카림은 이 현상을 이렇게도 표현합니다.

> 정치 전선은 오늘날 포괄적인 '우리'를 원하는 이들과 배타적인 '우리'를 원하는 이들 사이에 놓여 있다. (…) 역사는 진실에 대한 거부와 부인이 힘을 얻을 수 있음을 가르쳐준다. 이는 위험한 힘이다. 현실을 자신들의 환상에 맞추려 하기 때문이다.

종교와 마찬가지로 우파 포퓰리즘이 '국민'의 개념을 이용해 인종과 민족을 구분하는 데 주력하고 있다는 지적입니다. 이것의 특징은 경계를 이루는 타인이 외국인이라는 점에 있습니다. 카림은 우경화가 경제적 소외가 아닌 문화적 소외의 결과라고 말하면서 포퓰리즘이 상처받은 정체성의 부정적 감정과 연결되어 차별을 부추긴다고 분석합니다. 포퓰리즘에 반응하는 이들 대부분이 백인 이성애자 남성인데, 그들이 바로 정상·비정상의 기준을 만들었기 때문이라는 것입니다. 그래서 1960년대 이후 의미를 상실한 채 자신을 피해자로 인식하며 르상티망*을 행사한다고 봅니다. "독일계가 아니었다." 〈심판〉의 배경이 된 '국가 사회주의자 언더그라운드'의 테러 이유가 바로 이것이었다는 사실을 분명히 기억해야 합니다.

카림은 민주주의를 '만족의 기계'가 아니라 '불만족과 관계 맺기'라고 힘주어 말합니다. 친구와 적을 상정하여 민족이라는 환상을 재현하기 위해 분투하는 포퓰리즘은 민주주의에 역행하는 것이며 우리는 그 환상을 깨기 위해 부단히 대항해야 합니다. 카티아처럼 스스로 심판하는 일이 없으려면 '다름이 동등할 수 있는 공간' 안에 불완전한 정체성들이 곧추 설수 있게 해야 합니다. 정치와 개인의 역할이 독립적이면서도 융합적으로 작용해야 합니다. 다시 말해 이성적 합의뿐만 아니라 감정적 합의에 도달할 수 있는 정치 능력의 고양 그리고

---

*   르상티망(ressentiment): 원한이나 복수감, 인간 본성의 비합리적인 측면을 말한다

'배려'와 '함께'라는 '주의ism'의 내면화.

그 전에 먼저 해야 할 일이 있습니다. 다른 질문을 던지는 것!

이전의 질문이 "너는 누구냐?"였다면 이제는 다르게 물어야 한다고 카림은 말합니다.

> "너는 네가 누구라고 생각하는가?"
>
> "너는 오스트리아인, 터키인, 체첸인으로 사는 것을 어떻게 생각하는가?"
>
> "너는 그리스도교인, 유대교인, 무슬림 혹은 무신론자로서 어떻게 사는가?"

이것이야말로 다원화 사회의 질문이고, 우리 사회의 핵심 질문이라면서요. 이 질문에 대해 우리 각자가 또한 사회가 정답을 찾을 수 있을 때 더 이상 카티아가 겪은 불행이 반복되지 않을 것입니다.

〈심판〉 Aus dem Nichts, 2017

감독 : 파티 아킨

출연 : 다이앤 크루거, 누만 아카르

장르 : 드라마

등급 : 15세 관람가

러닝타임 : 106분

《나와 타자들》 Ich und die Anderen, 2018

이졸데 카림 지음 / 이승희 옮김 / 민음사

우산을 펴주는 것이 아닌 함께 비를 맞는 것

by 〈프라이빗 워〉&《타인의 고통》

도대체 왜!

이것이 질문의 시작이었습니다. 대체 왜 인류에게 팬데믹이라는 재앙이 닥쳤는지 말입니다. 이로 인해 변화한 인간과 세상의 모습에 대해 분석하고 우리에게 남겨진 과제를 제시한 글들이 많습니다. 하지만 바이러스 발원의 이유에 대해 정확히 전하는 정보는 찾아보기 힘듭니다. 각종 음모론만 난무할 뿐, 과학적 근거조차 파악하지 못하는 상황이니까요. 끝까지 그 원인을 알 수 없다고 해도 우리는 이 궁금증에 대한 나름의 해답을 찾아야 합니다. 거대한 시련은 진리를 깨닫기 위한 소중한 기회니까요. 그저 우발적 사건으로 지난 시간을 덮어버리기에는 우리가 잃은 것이 너무 많습니다. 저에게는《타인의 고통》을 쓴 수전 손택의 말이 해답의 실마리였습니다.

'우리', 즉 그들이 겪어왔던 일들을 전혀 겪어본 적 없는 '우리' 모두는 이해하지 못한다. 우리는 알아듣지 못한다. 정말이지 우리는 그들이 무슨 일을 겪었는지 상상조차 할 수 없다. 우리는 전쟁이 얼마나 끔찍하며, 얼마나 무시무시한 것인지, 그리고 어떻게 그런 상황이 당연한 것처럼 되어버리는지 상상조차 할 수 없다. 이해할 수도, 상상할 수도 없다. 전쟁이 벌어지던 바로 그때 포화 속에 갇혔으나 운 좋게도 주변 사람들을 쓰러뜨린 죽음에서 벗어난 모든 군인들, 모든 언론인들, 모든 부역 노동자들, 독자적인 모든 관찰자가 절절히 공감하는 바가 바로 이 점이다. 그리고 그들이 옳다.

우리는 고통 받는 다른 사람들을 절대로 이해할 수 없다는 그녀의 통절한 확신. 이해는커녕 상상할 수도 없다는 그녀의 말은 타인의 고통에 무감한 우리에게 가하는 일침입니다. 《타인의 고통》은 1977년에 출간된 《사진에 대하여》에 이어지는 저서로 혼란, 파괴, 죽음이 일상이 되어버린 잔악한 행위의 현장에서 찍은 사진의 의미와 인간의 본성을 파헤치는 명저입니다. 영상의 시대라 불려도 손색 없는 작금에 그녀가 유독 사진에 주목하는 이유는 그것이 다른 시각적 자료에 비해 가장 자극적이라고 보기 때문입니다. "사진은 인용문, 그도 아니면 격언이나 속담 같은 것이다."면서 사진이야말로 정보 과잉 속에서 뭔가를 신속하고 간결하게 기억할 수 있는 형태라고 설명합니다.

> 오늘날 사진은 상상력보다 우월한 권위를 지니게 되었다. 그래서 인쇄된 단어는 어제의 것이 됐으며, 말로 내뱉는 단어는 훨씬 더 옛것이 됐다. 사진은 완전히 현실이 된 듯하다.

손택이 사진의 힘을 인정한다고 해서 텍스트의 무게를 경시하는 것은 아닙니다. 서사는 우리가 현상을 '이해'하는 데 필요하며, 사진이 공명을 불러일으키는 의미 있는 것이 되기 위한 핵심은 결국 그 사진을 설명하는 '단어'에 달려있다고도 했습니다. 따라서 저는 손택이 말하는 사진은 단순히 '사진'만이 아니라 포토저널리즘, 나아가 일반 저널리즘 전체를 아우르는 것이라고 생각합니다. 다만 문제는 아무리 큰 힘을 지닌 사진이라도 우리를 변화시키는 데는 분명한 한계가 있다는 사실입니다. **충격-익숙-무감(혹은 무기력)**의 고리 때문입니다.

> 사람들에게 뭔가를 가르치고 싶어 하는 이런 기능은 즉각적인 반응을 불러일으킨다. 뭔가를 고발하고, 가능하다면 사람들의 행동까지 변화시키려는 사진은 사람들에게 충격을 줄 수 있어야만 하는 것이다. (…) 충격은 익숙해지기 마련이다. 충격은 점점 엷어지는 것이다. 혹시 그렇지 않을지라도, 그런 사진들을 더 이상 보지 않을 수도 있다. (…) 한번 충격을 줬다가 이내 분노를 일으키게 만드는 종류의 이미지가 넘쳐날수록, 우리는 반응 능력을 잃어가게 된다. 연민이 극한에 다다르면 결국 무감각에 빠지기 마련이며, 그래서 통속적인 처방이 내려지는 법이다.

심지어 그녀는 주저 없이 '오락거리'라는 표현을 사용합니다. 각종 전투와 대량 학살 장면이 끊임없이 공급되는 가운데 충격에 익숙해진 상태를 넘어 그것들을 오락거리의 일부로 소비하고 있다는 지적입니다. 사람들의 마음을 휘저어놓는 고통스러운 이미지들은 최초의 자극만을 제공할 뿐입니다. 감정의 '역치'가 올라갔기 때문입니다. 충격의 상태에서 충격을 주기 위해서는 더 강한 자극을 주어야 하는 상황, 그녀는 질문합니다. 이런 상황에서 필요한 것은 무엇이냐고요. 쏟아지는 이런 이미지들 때문에 사람들의 현실 인식이 손상된 것은 아닌

지, 그렇다면 저 멀리 떨어져 있는 분쟁 지역에서 살아가고 있는 사람들의 고통을 염려한다는 것은 어떤 의미인지, 그리하여 우리는 대체 무엇을 해야 하는지 묻고 또 묻습니다.

걸프 전쟁과 체첸 분쟁, 코소보, 스리랑카, 이라크, 아프가니스탄, 시리아 최전방 등 전쟁이 일어나는 곳이면 어디든지 달려가 진실을 전하려 애쓴 종군기자라면 손택이 던진 질문에 조금이나마 답할 수 있을까요? 〈선데이 타임스〉의 기자 마리 콜빈. 실화 영화인 〈프라이빗 워〉에서 우리가 만나볼 주인공이 바로 그녀입니다.

목숨을 걸 만한 가치가 있는 일입니다

"분쟁 지역에 가서 기사를 쓸 때 많이 고심했지요. 제가 관심을 가지는 만큼 다른 사람들도 관심을 가질 수 있도록 말이에요. 공포를 느낀다면 절대로 그런 곳에 갈 수 없을 겁니다. 공포는 모든 것이 끝난 후에 찾아오는 것 같아요."

기자는 대개 취재원을 만나 질문을 '던지는' 사람입니다. 언제 어디서 진행된 것인지 모르겠지만 영화의 시작은 마리가 질문을 '받으며' 대답하는 저 대사로 시작됩니다. 기자라고 공포를 느끼지 않을 리 없습니다. 외상 후 스트레스 장애로 입원과 퇴원을 반복하며 오랫동안 고통에 시달렸던 걸 보면 공포는 그녀를 지배하는 감정이었습니다. 하지만 포탄에 맞아 한쪽 눈을 실명하고도 현장 곳곳을 누빈 사람도, 모든 기자가 철수한 상황에서 유일하게 남아 가까스로 생중계를 마치고 끝내 그곳에서 생을 마감한 사람 또한 그녀였습니다. 그런 사람이었기에 인터뷰의 저 말대로 사람들에게 진실을 알려야겠다는 소명이 그녀 삶의 진정한 동인이었다는 것을 인정할 수밖에 없습니다. 무시무시한 독재자 카다피, 스리랑카 반군의 지도자마저 그녀의 인터뷰라면 순순히 응하며 자기 말을 세상에 알려달라고 당부할 지경이니 진실은 마리와 같은 사명감 있는 사람을 통해 전해지는 것 같습니다.

전쟁 지역에 있는 건 끔찍하다면서도 꼭 자기 눈으로 봐야만 한다고 그녀는 말합니다. 함께 일하는 사진 기자 폴은 일에 중독돼서 그런 거라고 하지만 아뇨, 그녀는 아는 것입니다. 경험만이 알게 하는 감정이 있다는 것. 겪어보지 않으면 절대 알수 없는 것들이 존재한다는 것을요.

"전쟁 지역 부모들은 아이들을 아침에 다시 볼 수 있을지 모르는 상태로 잠을 청한다. 나는 평생 모를 공포겠지."

총알과 폭탄이 난무하는 정중앙에 서 있으면서도 엄마가 아니라는 이유로, 분쟁 지역에서 계속 살아가야 하는 국민이 아니라는 이유로 '자신은 평생 모를 공포'라고 말했습니다. 단순한 겸양의 표현이 아니었지요.

어쩌면 모든 걸 다 경험해봐야 한다는 강박이 그녀를 결국 죽음에 이르게 했는지도 모르겠습니다. 2012년 시리아 홈스 HOMS에서 탈출하다 죽음의 터널로 되돌아간 그녀가 마지막 내뱉은 말이 바로 이것이었으니까요.

"한 사람의 얘기라도 더 들어야 한다."

"아직 2만 8천 명이 남아있다."

"그들을 버릴 순 없다."

중요한 건 그녀 자신도 끊임없이 의심했다는 점입니다. 전쟁 보도가 정말 세상을 바꿀 수 있을까 하고요. 마지막 생중계에서 그녀가 "시청자분들은 단순히 멀리 떨어진 곳의 일이라 여기겠지만 이곳의 참상은 현실입니다."라고 말했던 것은 제아무리 위태로운 상황에서 전하는 목소리라도 네모난 TV 화면에서 나오면 백색 소음과 같을 수 있다는 걸 알기 때문이었죠. 그 의심을 불식시키기 위해 그녀가 해야만 했던 것 역시 전쟁이었습니다. 신념을 지키기 위한 자기와의 전쟁. 프라이빗 워A Private War라는 영화의 제목처럼요.

"우리의 명은 이런 전쟁의 참혹한 모습을 편견 없이 정확하게 보도하는 것입니다. 우리는 언제나 스스로 질문해야 합니다. 감당해야 할 위험의 수준이 기사의 가치에 비춰 합당한가? 용기란 무엇이며, 또 무엇이 만용인가? (…) 그게 목숨을 걸 만한, 비통한 일과 손실을 감당할 만한 일인가? 그렇게 해서 무엇이 달라지나? 저 또한 부상당했을 때 이런 질문과 마주했습니다. (…) 누군가는 현장에 가서 무슨 일이 벌어지는지 봐야 합니다. 사람들이 총에 맞는 현장, 누군가가 당신에게 총을 쏘는 현장에 가지 않고는 그런 정보를 얻을 수 없습니다. 진정한 어려움은 정부가 됐든 군인이 됐든 길거리의 사람이 됐든, 우리가 보낸 뉴스가 지면이나 웹사이트, TV 화면에 나올 때 사람들이 관심을 많이 갖는다고 믿을 만큼 충분한 인간성에 대한 신념을 갖는 것입니다. 우리는 차이를 만들고 있다고 믿기에 그런 신념이 있습니다."

그녀가 죽기 2년 전, 영국 세인트브라이드 성당에서 열린 '취재 중 사망한 언론인과 스태프를 기리는 추모식'에서 했던 연설의 일부입니다. 영화에서도 이와 똑같은 대사가 나오지요. 인류애에 대한 믿음이 자신의 신념이라고 말입니다. 고통을 호소하면 누군가는 반드시 들어줄 것이라는 믿음, 그것을 위해 누군가는 전쟁을 마주해야 한다고 말입니다. 전쟁 보도는 그래서 가치 있는 일이며 '목숨을 걸 만한' 것이라고 진심으로 이야기합니다.

'우리'라는 말을 되찾기 위한 과제

마리와 손택의 분석은 같습니다. 참혹한 이미지의 과잉 속에서도 사람들은 그 수많은 전쟁을 단순히 멀리 떨어진 곳, 즉 '지역성'의 일로 치부해버린다는 사실 말입니다. 기실 그것은 고통이 존재하지 않는다거나 그들의 고통이 과장됐다는 믿음이 아닙니다. '나의 일'과는 상관 없다는 무관심과 냉소이지요. 오히려 "그런 고통이나 불행은 엄청날 뿐만 아니라 되돌릴 수도 없고 대단히 광범위한 까닭에 아무리 특정 지역에 개입하고 정치적으로 개입을 하더라도 그다지 변화를 가져올 수 없다고 느끼게 만들어 버린다."고 손택은 말합니다. 이런 느낌이 해당 문제를 '추상적'인 것으로 만드는 요인이 된다는 것입니다.

그러니 해결책은 단 하나, 행동입니다. 그럼에도 이것이 다가 아닙니다. 행동과 실천이 무관심과 냉소를 극복할 방안이라는 것을 안다고 해도 무엇을 어떻게 해야 할지를 정확히 아는 것은 아니니까요. 의료 인력과 구호품의 지원이 절실하다

해도 당장 달려가 봉사하는 일은 대단히 어려운 일이며 구호품이 필요로 하는 사람들에게 확실히 전달되는지의 여부도 확인할 길이 없습니다. 스리랑카 반군 지도자를 취재할 때 마리가 질문했던 것처럼 어디선가 그것들을 탈취하는 세력도 있기 마련이니까요. 수백 명이 피켓을 들고 시위한다고 해서 정치인들의 생각이, 국제 정치의 역학 구도가 바뀔 리 만무합니다. 이미 우리는 이런 현실을 수없이 경험했고 학습했습니다. 우리가 무엇을 해도 세상은 잘 바뀌지 않는다는 걸.

해서 손택은 말합니다. "우리가 타인과 공유하는 이 세상에 인간의 사악함이 빚어낸 고통이 얼마나 많은지를 인정하고, 그런 자각을 넓혀나가는 것도 아직은 그 자체로 훌륭한 일인 듯하다."라고요. 저는 이 말을 자조적으로 받아들이지 않습니다. 금방 잊히고 사윌지라도 타인의 고통에 연민을 느끼는 것은 여전히 희망입니다. 연민이 어느 정도 뻔뻔한(그렇지 않다면 부적절한) 반응일지라도 그것은 이해와 숙려, 나아가 이행을 위한 시작입니다. 손택은 그 시작으로부터 더 나아가야 하는 우리의 '과제'에 대해 이렇게 말합니다.

특권을 누리는 우리와 고통을 받는 그들이 똑같은 지도상에 존재하고 있으며 우리의 특권이 (우리가 상상하고 싶지 않은 식으로, 가령 우리의 부가 타인의 궁핍을 수반하는 식으로) 그들의 고통과 연결되어있을지도 모른다는 사실을 숙고해보는 것, 그래서 전쟁과 악랄한 정치에 둘러싸인 채 타인에게 연민만을 베풀기를 그만둔다는 것, 이것이야말로 우리의 과제이다.

처음으로 돌아가 보겠습니다.

도대체 왜! 라는 질문에 "우리는 고통 받는 사람들을 이해할 수도, 상상조차 할 수 없다."는 손택의 말이 제 마음에 와닿았다고 앞서 이야기했습니다. 이것은 사실이지만 반어이기도 합니다. 아무리 가족이라도 자신의 것인 양 온전히 공감하기란 어렵고 겪어보지 않으면 모른다는 것을 알지만, 그렇다고 절대 불가능한 일도 아니기 때문입니다. 엄밀히 말해 우리의 무감과 냉담은 '회피'입니다. 제 기분을 상하게 하거나 책임을 느낄 만한 일에 일부러 눈을 돌리는 것이지요.

당면의 문제가 타인의 고통에 눈을 돌리는 것이라면, 더 이상 '우리'라는 말을 당연시해서는 안 된다.

타인의 고통이 곧 나의 고통이었던 때. 너와 나의 고통이 다르지 않음을 확인했던 시간. 그 시간을 보내고 난 지금의 우리는 '우리'라는 말을 당연하게 다시 사용할 수 있는 상태일까요? 지금도 여전히 지구상의 어떤 나라에서는 다음날 아침 자기 아이들의 얼굴을 볼 수 없을지도 모른다는 마음으로 잠에 들고 있는데, 우리는 그들에게 제대로 시선을 맞추고 그들의 외침을 듣고 있나요? 이 질문에 아니라고, 아직 눈 감고 귀 닫고 있다고 대답한다면, 타인의 고통이 내 고통임을 절절히 깨닫게 하기 위해 또 다른 불행이 나타나는 건 아닐까, 두렵습니다. 부디 제 몹쓸 기우이기를 바랄 뿐입니다.

〈프라이빗 워〉 A Private War, 2018
감독 : 매튜 하이네만
출연 : 로자먼드 파이크, 제이미 도넌, 스탠리 투치, 톰 홀랜더
장르 : 드라마(전쟁)
등급 : 15세 관람가
러닝타임 : 115분

《타인의 고통》 Regarding the Pain of Others, 2003
수전 손택 지음 / 이재원 옮김 / 이후 출판사

낯선 이를 향한 진실의 사랑

by 〈아름다운 세상을 위하여〉&《변화는 어떻게 일어나는가》

가능한 것을 꿈꾸는 것이 희망일까요, 불가능한 것을 꿈꾸는 것이 희망일까요. 우리는 자주 목격합니다. 사람들이 가진 이상적인 기대에 대해 그것의 실현되기를 소망하면서도 지레 불가능할거라 예측하고 절망에 빠지는 모습을요. 평등과 자유, 정의 구현, 전쟁 없는 평화, 차별 금지, 생명 존중, 생태주의 등과 같은 것들 말입니다. 지극히 당연하고 마땅해 보이는 가치이지만 사실은 이를 위한 장구한 피의 역사가 있었으며 여전히 숙제입니다.

"세상이 정말 엿 같다면 너희가 세상을 바꾸면 돼. 이런 말 썼다고 이르지 마. 오늘부터 시작하자. 이게 바로 과제다. 1년 내내 하는 거야!"

중학교에 갓 입학한 학생들을 데리고 시모넷 선생님이 과제를 내주며 한 말입니다. 과제는 바로 이것이에요.

"Think of an idea to change our world – and put it into ACTION!"
(세상을 바꿀 아이디어를 내고 실천에 옮길 것!)

자신이 가르치는 사회 과목을 세상사와 세상의 의미를 배우는 것이라고 멋지게 소개를 했지만 이 선생님, 꽤 순진한 면이 있습니다. 괴상하다, 짜증난다, 어렵다, 하는 아이들에게 "음, 그런 거 말고 이건 어때? 가능하다!" 괴상하고 짜증나고 어려워도 가능한 일이라는 것을 확신하며 말하는 시모넷 선생님을 보면서 '세상이 굴러가는 것은 바로 이런 몽상가들 덕분인가' 싶은 생각도 들었습니다. 솔직히 중학교 1학년이면 이미 세상이 유토피아가 아니라는 것쯤은 알 나이잖아요. 저런 과제를 한다고 해서 아이들의 세계관이 아름다워지거나 실제로 세상이 바뀔 리 만무하고요.

그런데 제가 틀렸습니다. 세상은 아니, 사람은 바뀝니다. 순서는 사람이 먼저입니다. 사람이 바뀌면 언젠가 세상은 달라질 수 있습니다. 마냥 전향적이거나 일직선으로 진보하지는 않겠지만 후퇴하다가도 끝내 방향을 바꾸리라는 믿음. 영화

〈아름다운 세상을 위하여〉와 데이먼 센틀라가 쓴 《변화는 어떻게 일어나는가》를 통해 저는 그 믿음을 제 마음에 굳건히 다지게 됐습니다. 영화와 책을 통해 다시금 소중히 깨닫게 된 진리는 바로, 사람은 사람으로 인해 바뀐다는 것이었습니다. 그러니 시모넷 선생님 말씀대로 '엿 같은' 세상을 바꾸기 위해서는 우리가 먼저 바뀌어야 한다는 것을 가르치는 게 맞습니다. 비록 벽의 낙서를 지우는 정도를 기대했던 것과 달리 '도움 주기pay it forward'라는 혁명적인 발상으로 세상을 화들짝 놀라게 하는 일이 벌어졌지만요. 그 발상의 주인공은 트레버였습니다.

기적은 변화가 아니라 시도이다

트레버가 생각한 '도움 주기'란 말 그대로 도움이 필요한 사람에게 도움을 주는 것입니다. 조건은 반드시 세 사람일 것, 그리고 그들 스스로 할 수 없는 걸 해주는 아주 큰 도움일 것. 도움을 받은 사람은 도움을 준 사람에게 되갚는 것이 아니라 또 다른 세 사람에게 같은 방식으로 도움을 주면 됩니다. 계산상으로는 3의 제곱수로 이 운동이 뻗어나가는 것이지요. 그러나 세상일이 어디 그리 쉽나요. 그랬다면 세상이 지금과 같은 모습은 아니겠지요. 트레버가 이 사실을 깨닫기까지는 그리 오랜 시간이 걸리지 않았습니다. 자신이 돕기로 한 제리, 시모 넷 선생님, 아담이 모두 실패했기 때문입니다. 마약 중독자로 거리에서 노숙을 하던 제리는 트레버의 도움을 받아 잠시 개 과천선하는 듯하더니 다시 마약의 세계로 돌아갔고, 시모넷 선생님은 엄마와 뜨겁게 불꽃이 튀는 듯하더니 금세 실연을 해버렸습니다. 몸집이 작고 천식을 앓는 친구 아담이 학교 폭 력을 당하며 도와달라고 외쳤을 때 트레버는 선뜻 나서지 못 한 채 멀리서 친구를 방관해버렸지요.

"세상은 구제불능인가요?

"아니, 그렇지 않아. 난 네가 자랑스러워."

"세상이 실제로 변할지 알고 싶었어요. 하지만 제 과제는 실 패했어요."

선한 의도가 반드시 선한 결과를 가져오는 것은 아닌 것처 럼, 애초에 목표와 다르다고 해서 그 결과를 단순히 성공과 실 패로 이분하여 속단할 수 없는 것이 세상사입니다. 제리가 다 시 마약을 시도했다 해도 다른 곳에서 누군가에게 도움의 손 길을 주었던 것처럼, 한 번의 방관으로 자책을 한 트레버 자신 이 다음번의 폭력 앞에서는 거침없이 몸을 던져 친구를 구했 던 것처럼 말입니다. 서로가 선한 마음을 믿어야만 할 수 있는 일이자 혼자가 아닌 온 세상이 동참해야 하는 일. 시모넷 선생님이 '도움 주기'에 부여한 이 두 가지 의미는 당사자에게 실질적 효과가 있든 없든 그 자체로 이미 충분히 세상을 바꿀 만한 일이라는 뜻이었습니다.

물론 영향력의 크기는 여러 가지 조건에 달려있겠지요. 소셜 네트워크(사회 관계망)의 주변부로부터 시작하는 것, 강한 유대로 중복적 노출과 강화를 얻는 것, 사람들의 협응을 만들어내는 것, 그리고 티핑 포인트*를 찾는 것 등이 바로 그 조건들에 해당합니다. 《변화는 어떻게 일어나는가》에서 이것들을 잘 설명하고 있습니다. 이 책의 부제는 '새로운 행동, 믿음, 아이디어가 퍼져나가는 연결의 법칙'인데요. 이 제목이 모든 것을 말해주고 있습니다. 변화는 바로 연결에서 일어난다는 것을요. 책의 내용은 왜, 어떻게 그런 현상이 일어나는지를 담고 있지요. 네트워크 과학의 개념과 작동 원리에 대한 근사한 통찰을 담고 있는 사회 심리학 저서입니다.

---

* 티핑 포인트: 작은 변화들이 어느 정도 기간을 두고 쌓여, 이제 작은 변화가 하나만 더 일어나도 갑자기 큰 영향을 초래할 수 있는 상태가 된 단계

> 진정한 변화를 일으키려면 단순히 정보를 퍼뜨리는 것만으로는 부족하다. 사람들의 믿음과 행동까지 변화시켜야 한다. (…) 혁신적인 개념과 행동은 바이러스처럼 퍼져나가지 않는다. 단순한 노출만으로는 '감염'되기 어렵다. (…) 성공적인 사회 변화의 열쇠는 정보가 아니라 규범에 있다는 게 핵심이다.

'단순한 전염'은 정보의 확산에 유용하지만 사람들의 믿음과 행동을 변화시키기 위해서는 '복잡한 전염'이 필요하다고 저자는 말하고 있습니다. 복잡한 전염이란 사람들이 다소 주저하는 새로운 행동이나 개념이 확산되는 과정에서 발생하는 현상으로 '대항 영향력'이라고도 부릅니다. 복잡한 전염은 바이러스 확산과는 달리 훨씬 더 깊은 수준에서 일어나는 전염이고 정보의 단순 유통뿐만 아니라 실질적 사회 변화를 일으키게 되는 전염이지요. 사회 변화는 개인의 차원에서보다 소셜 네트워크를 통해 이루어질 때 훨씬 더 강력합니다. 소셜 네트워크가 보이지 않게 우리의 믿음과 규범의 틀을 만들기 때문이지요. 그래서 "소셜 네트워크는 사회 변화의 잠재력을 끌어내는 힘"이라고 저자는 설명하지요. 이것이 핵심입니다.

그런데도 변화는 쉬운 게 아니지요. 그 이유는 세 가지 미신이 작동하기 때문입니다. 인플루언서 미신, 바이럴리티 미신, 고착성 미신. 온라인이든 오프라인이든 인플루언서의 영향력에 대해 의심하는 사람이 없습니다. 그들의 한 마디, 행동 하나하나가 대중에게 큰 영향을 준다고 생각하지요. 저자는 이것은 착각이라고 말합니다. 인플루언서일수록 혁신을 받아들이지 않으려는 다수의 대항 영향력에 영향을 받기 때문에 실제 그 혁신이 상당히 확산된 이후 그러니까 그 혁신의 신뢰성이 충분한 임계 질량에 도달했을 때라야 이들의 영향력이 발휘된다는 것입니다. 정보의 유통자로서는 그들의 권위가 인정되지만, 그들이 실제 변화를 견인하는 역할을 하는 건 아니라는 것이죠.

행동이 빠르고도 광범위하게 전염된다는 바이럴리티에 대한 믿음도 미신이라고 저자는 말합니다. 인터넷, 특히 SNS의 광범위한 사용으로 사람들의 유대 관계는 넓고도 다양해졌지만 그 유착이 깊은 것은 아닙니다. 저자의 표현대로 '약한 유대'로 엮여 있지요. 약한 유대는 앞선 분석대로 정보의 확산에는 도움이 됩니다. 하지만 사람들의 생각과 행동에 직접적 영향을 주는 것은 강한 유대를 통한 '중복성'에 있습니다. 가깝고 신뢰할 만한 사람들이 주는 반복적인 자극만이 혁신의 개넘을 규범으로 전환시키는 삼투력의 근원입니다.

마지막으로 고착성 미신이란, 흥미를 끄는 광고, 공격적 마케팅, 인상적인 과학 기술은 사람들의 변화를 유도할 것이라는 미신입니다. 더 좋은 제품, 사용하기 편하고 값도 저렴한 혁신적인 제품일지라도 그것이 기존의 믿음과 사회 규범을 위협할 때는 쉽게 수용되지 못한다는 얘기인데요. 오히려 더 낯설수록 더 획기적일수록 혁신은 어렵다고 저자는 말합니다. 저항력의 위력도 위력인 데다 사회의 변화는 구성원 간의 상호 협응이 관건이기 때문입니다. 이 부분에 있어서는 결론이 흥미로운데요. "고착성이 사회 변화의 장애물이지만 진정한 사회 변화는 고착화를 달성하는 것이다."라는 것입니다. 저자의 탁월한 통찰이 아닐 수 없습니다.

그렇다면 해결은 생각보다 쉽습니다. 이 미신들을 극복하는 방향이면 되겠지요. 인플루언서 대신 네트워크 주변부를 공략하라, 그 주변부에서 서로 강한 유대로 얽힌 사람들을 통해 중복적으로 메시지가 전달되도록 하라, 참여자 모두가 동참한다는 느낌을 받게 하라. 베를린 장벽 시위, 아랍의 봄, 미투 운동 등 크고 굵직한 사회 변화를 보면 이 전략들이 실제 긴밀한 역학 관계 속에서 상호 작용했다는 걸 알 수 있습니다.

네트워크 주변부라는 것은 인플루언서보다 연결이 비교적

적은 사람들을 지칭하는데요. 저자는 이 사람들이 인플루언서보다 덜 중요해 보일 수 있지만 사실은 오히려 정반대라고 말합니다. 실제 사회 변화를 야기하는 행동은 정확히 네트워크 주변부에서 일어난다는 것입니다. 가까운 가족이나 친구가 가담한 어떤 사회 운동에 나도 함께 참여한다는 동질감은 생각을 행동으로 옮기게 하는 충분한 추동력이 됩니다. 저는 이 정서적 연결을 '열 사람의 한 걸음'으로 이해했는데요. 한 사람의 열 걸음이 아니라 열 사람의 한 걸음이 결국 세상을 움직이게 한다고 생각합니다. 저자의 표현도 비슷합니다. "네트워크 주변부는 강한 힘이 축적된 곳이다. 사회 변화의 강하고 폭넓은 흐름이 뿌리를 내리고 팽창해가는 곳이 바로 이곳이다." 강한 힘이 응집되고 축적될 수 있는 이유는 주변부에 있는 사람들의 관계망이 좁은 대신 그 밀도가 높기 때문입니다. 훨씬 효과적으로 사회적 강화가 이뤄지는 것이지요.

영화를 통해서도 확인할 수 있듯이 '도움 주기'라는 혁신적 운동을 시작하고 전개한 사람들은 대단하고 유명한 사람들이 아니라 우리 주변의 흔한 이웃이었습니다. 심지어 그 시작은 중학교 1학년생이었어요. 그런데 가족인 엄마와 할머니 그리고 학교 친구들로 전염된 이후 이 운동은 결국 들불처럼 번져나갑니다. 네트워크 주변부의 힘을 확실하게 보여주었죠. 그런데 여기서 중요한 점이 있습니다. 작은 움직임이 큰 사회적 대전환의 계기가 될 때는 어느 시점 혹은 일정한 참여 인원이 있다는 것입니다.

> 내가 말하는 티핑 포인트는 조직과 집단에는 일단 그 지점에 도달하면 사람들의 행동에 전면적인 변화를 초래하는, 측정 가능한 임계 질량이 있다는 과학 이론이다. (…) 이것은 단지 임계 수에 해당하는 얼리 어답터를 촉발하기만 하면, 전체 집단을 한 사회 규범에서 다른 사회 규범으로 효율적으로 옮겨 가게 할 수 있다는 것을 의미한다.

25%! 저자는 정확하게 그 지점을 산출해냈습니다. 25%에 도달하지 않으면 변화를 위한 활동이 몇 배로 증가하더라도 사람들에게 유의미한 영향을 미치지 못한다고 말합니다. 즉 5%에서 15%로 참여 인원이 3배 증가해도 25% 아래에서는 별 소용이 없다는 얘기입니다. 하지만 25%를 넘어서는 순간 그것은 모든 사람에게 영향을 미치며 절대적인 파급 효과가 있다는 사실, 매우 흥미로운 발견이 아닐 수 없습니다. 불가능해 보이는 혁신을 가능하게 만들기 위해 필요한 가시적 지표니까요.

"계획대로 되지는 않아요. 사람들을 잘 살펴봐야만 돼요. 사람들을 지켜보고 보살펴야 돼요. 스스로는 못 하니까요. 자전거를 고치는 것보다 훨씬 중요한 일이지요. 사람을 고치는 일이에요."

네, 25% 도달만으로 저절로 되는 일은 절대 아닙니다. 사회 변화가 그렇게 만만한 일이던가요. 꼬마 철학가 트레버의 말처럼 '도움 주기'는 사람을 고치는 일입니다. 기적을 만드는 건 다수가 아닐 수도 있습니다. 어쩌면 한 사람, 나부터 변하는 것이 기적을 위한 시작일 것입니다.

전대미문의 재앙 속에서 우리는 많은 것을 잃었고 많은 것을 느꼈습니다. 무엇을 잃고 느꼈는지는 개인마다 다르겠지만 감히 확언하건대 모두가 깨달았을 진리 하나는 '우리는 변해야 한다'는 사실일 것입니다. 바로, 지금 말입니다. 지구와 환경을 위한 변화이든, 사람이 사람을 대하는 방식의 변화이든, 건강이든, 교육이든, 경제든, 정치든 상전벽해의 대전환만이 인간의 생존을 보장할 수 있을 것이라는 자각을 경험했다고 믿습니다.

그러나 안타깝게도 그토록 고통에 허우적거렸으면서도 사람들은 그 깨달음을 행동으로까지 연결하지 못하는 것 같습니다. 전진이 아니라 되레 후퇴하고 있는 것들도 많지요. 인간성은 혐오와 대결의 극한으로 치닫고 탐욕은 줄어들 줄 모릅니다. 부정적인 결론을 내리기 전에 우선은 데이먼 센톨라가 말하는 바를 마음에 품어야 할 것 같습니다. 노를 젓는 마음으로!

> 단순한 예를 살펴보자. 두 사람이 강 한가운데에서 노 젓는 배에 앉아 있다. 각자 노를 하나씩 갖고 있는데, 어떻게 노를 저어야 기슭으로 갈 수 있는지 그 방법을 생각해내야 한다. (…) 성공하려면 두 사람이 협력해야 한다. 무엇보다 각자 상대방이 어떻게 할지 예상하는 것이 중요하다. 그리고 자신이 무엇을 할지 상대방이 예상한다고 믿어야 한다.

〈아름다운 세상을 위하여〉 Pay It Forward, 2000
감독 : 미미 레더
출연 : 케빈 스페이시, 헬렌 헌트, 할리 조엘 오스먼트
장르 : 드라마
등급 : 12세 관람가
러닝타임 : 122분

《변화는 어떻게 일어나는가》
Change: How to Make Big Things Happen, 2021
데이먼 센톨라 지음 / 이충호 옮김 / 웅진지식하우스

마음의 눈으로만 보이는 세상

by 〈타인의 삶〉&《시적 정의》

> 씨씨. 이 교실이 커다란 도시라고 가정하자. 시민이 100만 명
> 인데 1년에 25명이 길에서 굶어 죽는대. 이 비율을 어떻게 생
> 각해?

맥초우컴차일드 선생님이 이렇게 물었을 때 씨씨의 대답은
무엇이었을까요? 씨씨의 대답을 알기 전에 우선 여러분 스스
로 자문해보세요. 100만 명이 사는 거대한 도시에서 굶어죽
는 이가 25명, 많은 걸까요, 적은 걸까요?

사스, 신종플루, 메르스에 이어 코로나19까지 몇 차례 바이
러스와의 전쟁을 거치면서 우리가 직면했던 상황은 사람이
숫자로 치환되는 일이 예사롭게 벌어졌다는 점입니다. 병에

걸리거나 죽은 사람이 '몇 번' 혹은 '몇 명'인지를 확인했습니다. 해외 사례와 비교해 국내의 숫자를 상대적으로 '괜찮다'고 여기는 순간도 있었고요. 확진자와 사망자 수가 폭발적이었던 때는 수치에 둔감해졌습니다. 아마도 이러한 우리의 모습이 맥초우컴차일드 선생님이 씨씨에게 바랐던 답변일 겁니다. 숫자에는 인간성이 녹아있지 않기 때문입니다.

찰스 디킨스의 《어려운 시절》에 나오는 씨씨와 맥초우컴차일드 선생님의 저 대화는 마사 누스바움의 《시적 정의》에서 매우 자세히 다루고 있습니다. 《시적 정의》는 마사 누스바움 교수가 시카고 대학 로스쿨에서 법학과 학생을 대상으로 수업한 〈법과 문학〉이라는 과목의 내용을 정리한 책입니다. 주로 찰스 디킨스의 《어려운 시절》이 언급되는데 리처드 라이트의 《미국의 아들》과 월트 휘트먼의 시도 자주 언급되면서 문학적 상상력이 길러주는 사유의 힘이 어떻게 공적 추론에 기여할 수 있는지를 분석해나갑니다.

누스바움의 설명에 의하면 문학적 상상력은 말 그대로 '타인의 삶'이 어떤지를 상상할 수 있는 능력입니다. 그는 이것을 '공상(fancy)'이라는 단어로 표현하면서 '존재하지 않는 가능성에 대해 상상하고, 하나의 사물을 다른 것으로 볼 줄 알고, 다른 것 안에서 그것을 발견하며, 인식된 형태에 복잡한 삶을 투영할 수 있는 능력'이라 규정합니다. 나와 다른 환경의 사람들을 마주하며 그들의 경험과 입장에 서 보는 과정은 얼굴 없는 대중 한 사람을 고유한 삶의 이야기가 있는 개별적 인간으로 환원시킵니다. 고통과 신비가 직조된 한 사람의 내밀한 삶을 살피는 행위는 내 삶과 타인의 삶이 너무나 다르다는 것을 알게 하고, 역으로 이 둘이 생각하는 만큼 크게 다르지 않다는 것도 깨닫게 해주지요.

많은 이에게 공감하고 동일시하는 과정에서 그들과 내가 속한 세계를 비판적으로 인식하게 되고 그 인식은 성찰적 선택으로 우리를 이끕니다. 성찰적 선택이란 제도와 구조를 더욱 인간적으로, 사회 환경 구축을 정의로운 방향으로 실천하게 만드는 힘입니다. 누스바움은 공감이 당면한 과제의 해결방법을 알려주는 것은 아니지만 해결해야 하는 문제로 관심을 갖게 하는 강력한 동기가 된다고 주장합니다. 과연 어떠한 접근 방식이 노숙자들의 상황, 멀리 떨어진 세계의 기아 문제, 제품에 대한 실험과 안전 기준에 보다 나은 공적 대응으로 이끌어주는지 판단해보라면서 말입니다.

중요한 것은 우리의 사유를 실천에 이르도록 유도하는 구체적 감정이 바로 타인의 '고통'이라는 점입니다. 누스바움은 휘트먼의 시를 통해 이 점을 설파합니다. 우리의 관심은 고통받고 두려움에 떠는 인물을 향한다고요. 쉽게 풀리는 인생, 어떠한 고난도 없는 인생에 관심을 둘 여지는 없지요. 인물에게 부여한 비극적 감성, 대체로 외부적 상황으로부터 야기된 불가항력적인 시련이야말로 독자에게 더 강한 동일시와 공감의 결합을 가능케 합니다. 그 동일시와 공감이 고통을 일으키는 사회적 상황과 환경에 관여하게 하고 변화시켜 나가려는 힘을 낳는 강력한 계기로 작용하는 것입니다.

나는 그들의 인생을 훔쳤고, 그들은 나의 인생을 바꿨다

〈타인의 삶〉이라는 영화는 나와 타인 삶의 경계가 어디까지인지를, 또한 사랑과 예술 그리고 문학이 인간의 삶을 어떻게 변화시키고 좌우하는지를 숨 쉴 틈 없이 고민하게 만드는 명작으로 마사 누스바움의 《시적 정의》와 딱 맞는 궁합을 이루는 작품입니다.

베를린 장벽이 무너지기 5년 전인 1984년, 동트기 전 새벽처럼 이 시기의 동독은 가장 어두운 암흑기였고 동독인의 삶은 매우 피폐했습니다. 슈타지라 불리는 비밀 경찰 비즐러는 사회주의 신념으로 가득 찬 냉혈한으로 붙잡혀온 반체제 인사들의 자백을 이끌어내는 특출한 능력의 소유자입니다. 앞서 씨씨에게 질문을 던진 맥초우컴차일드 선생님과 같은 인물로 볼 수 있습니다. 감정의 가치를 격하하며 경제적 사유만을 개진하는 공리주의 대표자 말입니다. 그런 그가 어느 날부터 동독 최고의 극작가인 드라이만과 그의 연인이자 연극 배우인 크리스타의 감청과 감시를 시작하게 됩니다.

당장이라도 그 두 사람을 잡아들여 고문하면 없던 죄도 술술 불 것 같았지만 이번 건은 장관의 지시이기도 하거니와 물증 없이 잘못 움직였다가는 동독 수뇌부가 역공당할 수도 있었기에 비즐러를 포함한 비밀 경찰들은 잠복 수사에 착수합니다. 하지만 그 기간이 5년이나 지속될 줄은 비즐러도 몰랐을 겁니다. 그 시간이 자신을 어떻게 변화시킬지는 더더욱 몰랐을 거고요. 변화의 진앙을 정확히 아는 것은 별로 중요하지 않습니다. 인간의 삶 속에 공존하는 경탄과 경악은 때로는 빛으로 때로는 그림자로 제멋대로 표정을 바꾸며 발현되니까요. 드라이만과 크리스타가 나누는 따뜻한 사랑의 말과 행위가, 그들이 읽는 브레히트의 시집이, 〈아름다운 영혼을 위한 소나타〉에 담긴 서정적인 선율이, 개별적인 것에서 어느덧 총체가 되어 비즐러를 온통 흔들어 놓았습니다.

"이 곡을 진심으로 듣는다면 나쁜 사람이 될 수 있을까?"

크리스타에게 〈아름다운 영혼을 위한 소나타〉를 연주하며 드라이만이 이 말을 던졌을 때 비즐러는 레닌이 베토벤의 소나타 〈열정〉을 듣고 '계속 듣다간 혁명을 완수하지 못할 것'이라 했다던 그 감정을 똑같이 공감합니다. 그리고는 자신이 감정의 폭풍 한가운데에 서게 됐다는 걸 깨닫습니다. 이 곡은 권력에 밉보여 10년간 은둔 생활을 하다 자살로 생을 마감한 드라이만의 스승 예르스카의 유산이었기에 더 복잡한 심경이었을 겁니다. 예르스카의 자살은 명백한 국가적 타살이었으니까요. 슈타지의 핵심 요원인 그가 예르스카의 죽음으로부터 완벽히 자유로울 수는 없기에 잿빛 세상에 드리워진 강렬한 색채는 낯설지만 더욱 찬란했을 것입니다.

비즐러는 이제 과감히 두 사람의 삶에 끼어들기로 합니다. 문화부 장관으로부터 성 상납을 요구당하는 크리스타가 절망에 허우적대며 주저앉았을 때 과감히 그녀 앞에 나타나 "당신은 훌륭한 배우예요."라고 말해줍니다. 비굴한 예술가로 살지 않겠다고 공언한 드라이만이 서독 시사 주간지 〈슈피겔〉에 동독의 현실을 고발하기로 했을 때도 상부에 거짓 보고를 하며 눈감아주지요.

그러나 엄혹한 시절을 지나는 두 연인의 힘은 미약하기 이를 데 없었습니다. 낙수가 바위를 뚫고 어리석은 사람이 산을 옮기는 법이라지만 비즐러의 '타인'들은 그의 암약도 모른 채 불행 앞에 서게 됩니다. 그들과 함께 비즐러의 삶 역시 나락으로 떨어지지요. 그러나 비즐러는 억울해하지 않습니다. 예전의 그가 아니고 다른 사람이 되었기 때문입니다. 베를린 장벽이 무너지고 세상이 바뀐 후 그는 우체부로서의 삶을 묵묵히 살아갑니다. 너무도 평온한 얼굴로요.

다행인 것은 보이지 않았던 그들의 관계가 실은 긴밀히 연결되어있었다는 사실입니다. 비즐러의 강고한 믿음과 헌신은 생의 부박함을 뚫고 결국 껍질 밖으로 나오게 됩니다. 오랜 뒤에 진실을 알게 된 드라이만에 의해 HGW XX/7이라는 사람으로 세상에 현현하면서요. 그림자로 숨겨졌던 삶의 가치가 희망의 빛으로 끌어올려지는 순간! 오직 HGW XX/7만을 위해 쓰인 책 한 권을 받아드는 비즐러의 촉촉하면서도 형형한 눈빛이 오래 기억에 남습니다. HGW XX/7을 주인공으로 한 문학의 감동이 영화 속 많은 독자의 심장에도 다복다복 스며들겠지요.

이 나라에서 시인은 한결같은 인간이다,

그 안에 있지 않고 그로부터 떨어져 나온 사물들은 괴상하거

나 과도해지거나 온전치 않게 된다…

그는 모든 사물이나 특성에 넘치지도 부족하지도 않은 적당

한 비율을 부여한다,

그는 다양성의 중재자이며, 열쇠다,

그는 자신의 시대와 영토의 형평을 맞추는 자이다…

부정의 길로 엇나간 세월을 그는 확고한 믿음으로 억제한다,

그는 논쟁자가 아니다, 그는 심판이다 (자연은 그를 절대적으로

받아들인다)

그는 재판관이 재판하듯 판단하지 않고 태양이 무기력한 것

들 주변에 떨어지듯 판단한다…

그는 남자들과 여자들 안에서 영원을 보며, 남자들과 여자들

을 꿈이나 점으로 보지 않는다.

제목은 《시적 정의》지만 이 책은 시보다 소설을 중심에 두

고 문학적 상상력이 우리에게 왜 필요한지를 역설합니다. 그

럼에도 월트 휘트먼의 문장을 인용한 마지막 장의 제목을 '재

판관으로서의 시인'으로 한 것은 매우 주목할 만합니다. 법을 다루는 사람을 포함해 공적 판단 영역의 담당자들은 필히 시인과 같아야 한다고 강조했기 때문입니다. 그러니까 이 책은 결국 소설의 역할 없이 시인은 탄생할 수 없다는 것을 말하기 위해 쓰인 것입니다. 누스바움의 말대로 "시인은 변덕스럽고 유별난 창조물이 아니라 자신의 시선을 공정성의 규범(자신의 시대와 영토의 형평을 맞추는 자)과 역사(부정의 길로 엇나간 세월을 확고한 믿음으로 억제하는 자) 모두에 고정함으로써 다양한 사람의 주장을 적절하게 숙고하면서 모든 사물이나 특성에 넘치지도 부족하지도 않은 적당한 비율을 부여하는 데 가장 탁월한 인물"이기 때문입니다.

위 문장에서 누스바움이 가장 주목하는 단어는 바로 '태양'입니다. "무기력한 것들 주변에 떨어지"는 태양 말입니다. 무기력한 것들은 가장 낮은 곳에 혹은 구석에, 그늘지고 어둠에 싸인 그런 곳에 존재하기 마련이지요. 태양이 떨어지듯 판단하는 시인처럼 모든 공정과 정의를 행하는 재판관의 역할 또한 그래야 한다는 것입니다. 태양이 만물을 비추듯 재판관의 시선은 후미진 곳까지 닿아야 하며, 태양의 온도처럼 따뜻해야 하고, 태양의 다양한 파장처럼 세상 모든 존재를 아울러야 한다는 뜻이겠지요. 우리말로 '범속한'이라는 뜻의 단어가 영어로 'unpoetic'이라는 것은 그런 맥락에서 만들어진 게 아닐까 싶습니다. 즉 시인답지 않은 것은 범속하다, 따라서 진정한 시인은 범속한 인간이어서는 안 된다, 그런 시인의 삶이 곧 재판관의 삶이어야 하는 것일 테지요. 인간에 대한 이해가 투철할수록 더욱 엄중한 책임과 태도를 가질 수밖에 없으니까요.

이 책에는 문학에 대한 이야기가 가득하지만 비슬러의 경우처럼 인간의 영혼을 뒤흔드는 건 여러 가지입니다. 음악, 영화, 춤 등 표현 양식만 다를 뿐 본질은 하나인 것들이요. 통칭해 예술이라 하겠습니다. 이것들은 다양한 층위의 개별적 인간의 삶에서 감정으로부터 사유를, 인식에서 실천을 동시에 견인합니다. 그리고 특수성에 내재한 일반성, 보편성을 구체성으로 한 그릇에 담아내지요.

우리는 모두 나와 타자 사이의 모호한 경계 속에서 살아갑니다. 특히 현대 사회는 특별한 마주침과 인연이 없으면 최소한의 예의마저 찾기 힘든 위기의 시대입니다. 익명성에 기대어 인간이 인간에게 얼마나 가혹할 수 있는지 빈번히 보곤합니다. 비대면 상황이 어느새 익숙해지고 편안해진 이때, 이제는 역으로 타인의 삶과 우리 자신을 온전히 마주해야 할 때입니다. 감정이 사라지면 사유가 중단되기 때문입니다. 인식이 없으면 실천 역시 없기 때문입니다. 한 마디로 '태양'이 사위어가는 겁니다. 세상은 순식간에 암흑천지가 되겠지요. 그러니 책을 읽고 영화를 보고 음악을 듣고 그림을 그리고 춤을 추는 것은 사치가 아닌 필수입니다. 제대로 된 삶을 영위할 수 있는 유일하면서도 절실해진 행위이지요.

늦었지만 이제 공개하겠습니다. 맥초우컴차일드 선생님의 질문에 대한 씨씨의 답을요. 씨씨와 같은 답을 하는 사람들이 더 많아져서 고통의 순간순간에도 언제나 치유의 희망이 싹틀 수 있기를 소망합니다.

> 굶어 죽는 사람에게는 시민이 100만 명이든, 100만 명의 100만 배이든 마찬가지로 견디기 힘든 일일 거예요.

〈타인의 삶〉 Das Leben Der Anderen, 2006
감독 : 플로리안 헨켈 폰 도너스마르크
출연 : 울리히 뮈에, 제바스티안 코흐, 마르티나 게덱
장르 : 드라마
등급 : 15세 관람가
러닝타임 : 137분

《시적 정의》
Poetic Justice: The Literary Imagination And Public Life, 1995
마사 C. 누스바움 지음 / 박용준 옮김 / 궁리

불완전한 둘이 만들어내는 완전한 힘

by 〈내 사랑〉 & 《사랑 예찬》

사랑에 대한 글을 쓰는 것은 무모한 일입니다. 이현령비현령이 따로 없지요. 사랑에 대해 각자만의 확고한 정의가 있다 해도 그것이 언제든 무참히 깨질 수 있다는 걸 모르는 사람은 없을 겁니다. 사랑을 완강히 불신하고 부정하는 사람조차 의식의 심연에서 사랑을 갈구하고 있는 모순은 또 어찌 설명할 수 있을까요. 사랑을 완전히 이해하기란 어렵지만 한 가지 확실한 점은 사랑하고 사랑받는 일을 싫어할 사람은 아무도 없을 거라는 사실입니다. 사랑이 곧 삶이고 삶이 곧 사랑으로 환원되는 진리는 의심의 여지가 없지요.

"위험 없는 사랑을 당신에게!"

"사랑에 빠지지 않고서도 우리는 사랑할 수 있다!"

"고통받지 않고서도 당신은 완벽하게 사랑에 빠질 수 있습니다!"

프랑스의 만남 알선 사이트 미틱에서 사용했던 슬로건이라고 합니다. 어떤가요, 동의가 되나요? 저는 단 한 가지도 마음에 와닿지 않았습니다.

사랑은 안전하지 않습니다. 안전한 사랑은 존재하지 않아요. 그러니 사랑을 하고 있는 사람이라면 그 누구든 행복과 불행의 아슬아슬한 줄타기를 하고 있는 겁니다. 그럼에도 저런 슬로건이 버젓이 광고 문구로 사용된다는 것은 현대인의 사랑 개념이 심각하게 왜곡되어있다는 방증이겠지요.

알랭 바디우의 《사랑 예찬》은 바로 이러한 세태 속에서 사랑의 진정한 의미를 찾을 수 있는 책입니다. 이 책은 《사랑 예찬》이라는 제목답게 사랑에 대한 매우 이상적인 견해와 해법을 제시하고 있습니다. 이렇게 사랑에 대해 빈틈 없는 이해를 풀어낸 책도 드뭅니다. 바디우가 주장하는 사랑의 모습을 현실에서 발견하는 일은 매우 낮은 확률일 테지만 존재하는 것은 확실합니다. 실화를 바탕으로 한 에이슬링 월쉬 감독의 〈내 사랑〉 속 주인공들이 딱 그런 사람이니까요.

완벽하지 않다는 사실이 감사하게 느껴지는 순간

모드는 관절병 환자입니다. 병은 육체에 있는데 왠지 정신마저 온전치 않아 보입니다. 집안의 유일한 어른인 숙모와 하나밖에 없는 오빠한테까지 멸시받고 천대당한 세월이 그녀의 영혼마저 병들게 했나 봅니다. 동네 꼬마들조차 그녀를 바보 취급하는 상황이니 더 할 말이 없습니다. 오빠가 멋대로 엄마의 집을 팔아버려 숙모 집에 맡겨진 그녀는 숙모와 한집에 있는 일이 지옥 같습니다. 하늘이 그 마음을 알아주었던 걸까요. 동네 잡화점에서 '가정부를 구합니다'라는 메모를 발견하는 모드. 그 길로 다짜고짜 그 메모를 쓴 에버렛을 찾아갑니다. 처음 보는 남자에게 "절 써 주세요."라니 뻔뻔한 것으로도 겁이 없는 것으로도 보일 수 있지만 숙모 집을 벗어나고픈 '간절함'만은 가득합니다. 썩 내키지 않지만 에버렛도 가정부를 들이는 일이 급하긴 했지요.

"그래서 여기 남아요, 말아요?"

에버렛이 아무 말 없는 건 그냥 있어 달라는 그만의 답입니다. 그렇게 한 여자와 한 남자의 동거가 시작됩니다.

예상한 대로 두 사람은 처음부터 삐거덕댑니다. 둘 다 사회성이 그리 뛰어나지 못하거든요. 모드는 아픈 몸 탓에, 에버렛은 고아로 자라온 탓입니다. 그렇지만 모드에게는 소녀 같은 순수함이 있고 에버렛은 시쳇말로 츤데레였습니다. 숨기려야 숨길 수 없는 본성이 궁합으로 이어진 것일까요, 외로움이 외로움을 본능적으로 알아본 것일까요. 순서야 어찌 됐든 중요한 건 에버렛이 그녀에게 곁을 내주었다는 사실입니다. 모드에게 특별한 재주가 있다는 걸 알게 되면서부터는 그녀의 존재감도 커지는데요. 바로 그림이었습니다.

시작은 모드가 에버렛에게 뺨을 맞은 날부터였지요. 그녀에게 물감은 치료제였나 봅니다. 슬프고 서러울 땐 손에 물감을 묻혀 벽이든 물건이든 종이든 나무 판대기든 그 어디라도 그림을 그렸습니다. 절뚝거리는 다리 탓에 갈 수 있는 곳이 많지 않아 그녀가 눈에 담을 수 있는 것은 한정적이었지만 그녀는 기억하는 모든 것을 화폭에 옮겼습니다. 남들 눈엔 매일 같은 풍경이 그녀의 눈엔 매 순간 변화하는 장면의 연속이었어요. 기억 속에 담긴 그녀만의 이미지는 무척이나 풍요로웠습니다. 그런 그녀의 재능을 첫눈에 알아본 사람은 샌드라. 우연한 일로 그녀의 집을 찾은 샌드라는 모드가 화가로 살 수 있게 한 장본인이자 귀인이었습니다. 에버렛은 어느새 그녀의 매니저가 되었습니다. 아, 또 있네요. 그는 매니저이자 남편이 되었습니다.

모드 :   낡은 양말 한 쌍처럼.

에버렛 : 한 짝은 다 늘어나고 한 짝은 구멍 잔뜩 나고?

모드 :   아뇨.

에버렛 : 꾀죄죄하게 때 탄 양말?

모드 :   아뇨. 하얀 면양말이요.

에버렛 : 당신은 감청색이나 선황색이지.

자기 발 위에 모드의 두 발을 올려놓고 두 사람이 함께한 날로부터 처음으로, 아니 태어나 처음으로 춤을 추며 나눈 대화입니다. 서로에게 서로가 전부라는 걸 너무 잘 알아서 모드는 에버렛을 '하얀색'으로 그리고, 에버렛은 모드를 '알록달록한 색'로 새롭게 규정해줍니다. 각자의 세상을 힘겹게 버텨왔던 한 사람과 또 한 사람이 '둘의 세상'을 함께 만들기로 약속하면서 그들은 서로를 최고로 받아들입니다. 네, 사랑입니다.

물론 꽃길만은 아니었습니다. 꽃의 수만큼 자갈도 무성했지요. 꽃은 자주 시들고 병들고 꺾였습니다. 그러나 그 거친 자갈밭에서 또 살아나고 꽃망울을 터트리고 꽃씨를 날렸습니다.

"난 사랑받았어요. 에버렛."

그녀는 사랑받았습니다. 매일 한 작품씩을 남겼던 모드가 오로지 그림에 집중할 수 있게, 점점 병색이 짙어져 가는데도 모드가 그림을 그릴 수 있게, 평생 그리워했던 사람을 모드가 볼 수 있게, "처음부터 당신이 보였어. 내 아내인 당신이"라는 말을 모드가 들을 수 있게. 에버렛은 모드에게 정말 훌륭한 남편이었습니다. 그런데도 에버렛은 본인을 탓하지요. "왜 나는 당신을 부족한 사람이라고 생각했을까?" 하면서요. 넘치도록 사랑을 주고도 자신이 준 게 사랑인 줄 모르는 바보 같은 남자. 그가 바로 에버렛이었습니다.

사랑은 완전한 걷기가 아닌 다리 절기*

우리가 회의주의자들의 태도를 비웃을 수 있는 까닭은, 사랑을 포기하고 또 더 이상 사랑을 믿지 않는 것이야말로 진정한 재앙이라는 사실을 우리 모두 잘 알기 때문입니다. 사랑을 포기하면 삶이 완전히 무미건조해진다는 사실을 분명히 언급해야만 합니다. 따라서 사랑은 하나의 강력한 힘으로 우리에게 남겨집니다. 사랑은 주관적인 어떤 힘입니다. 사랑은 순간에 일어난 우연에서 시작되어, 당신이 영원을 제안하게끔

---

* 이 책《사랑 예찬》을 해제한 서용순의 말이다.

《사랑 예찬》에서 제 마음에 명중한 부분입니다. 사랑에 대한 회의, 부정, 의심, 절망의 정중앙에서도 현실의 우리는 사랑의 진면목을 발견하며 사는 경우가 적지 않습니다. 세세히 들여다보면 아웅다웅 옥신각신하며 크고 작은 일에 반목하기도 하지만 그 모습마저도 사랑임을 직간접적으로 경험하게 되지요.

바디우의 사랑론이 너무 이상적이라 해도 사랑의 정의만큼은 정곡을 꿰뚫고 있습니다. 사랑은 둘의 관점에서 형성되는 하나의 삶이라는 것입니다. 그는 이것을 "둘이 등장하는 무대"라고도 표현하지요. 이것은 융합의 의미가 아닙니다. 참 중요한 시각입니다. 바디우는 '차이'를 무척 강조하고 있습니다. '분리'이자 '구분'이기도 하지요. 사랑의 주체들은 양자의 프리즘을 거쳐 새로운 세계의 탄생을 목격할 가능성이 있다고 말합니다.

그 가능성이 곧 긍정의 의미만을 내포하지는 않습니다. 존재할 이유를 갖지 않았던 무엇, 사랑의 주체에게 주어지지 않았던 무엇을 존재하게 만드는 것이 바로 사랑이기 때문입니다. 그래서 사랑은 곧 고통이자 난관의 연속입니다. 불가능한 것처럼 보이는 무언가를 극복하는 과정이 결코 쉬울 리 없지요. 희망보다 절망할 일이 훨씬 많은 그 과정에서 좌절되고 포기되는 사랑이 다분하기에 그저 '가능성'이라 표현하는 것입니다.

그래서 강조되는 것이 바로 '지속성'입니다. 바디우는 사랑을 만남, 즉 우연적이고 우발적인 '기적' 같은 사건으로부터 시작되는 것이라 인정하면서도 결국 그 실현은 지속성에 있다고 말합니다. 그리고 지속은 "나는 너를 사랑해!"라는 선언에서 출발한다고 설명합니다. 사랑을 말하는 행위가 중요한 이유는 그것이 바로 만남이라는 특정한 사건을 확정해주고 비로소 사랑이라는 진리를 구축하겠다는 책임을 부여하는 행위이기 때문입니다. 우연을 운명에 이르게 하는 증거이자 새로운 지점이 확보되는 순간이지요. 모드와 에버렛에게서는 이 선언이 명확히 발견되지 않지만 모드가 "여기 남아요, 말아요?"라고 물었을 때 침묵으로 긍정을 한 에버렛의 행위를 저는 그 선언과 동일하게 봅니다. 함께 하겠다는 의지를 표명한 것이니까요.

지속되는 사랑이야말로 진리의 구축이라고 말하는 것은 그만큼 지속하기 어렵다는 뜻이겠지요. 진리를 찾는다는 것은 아무나 할 수 없기 때문에, 그래서 사랑의 선언은 자주 반복되어야 한다고 바디우는 역설합니다. "사랑은 정성과 재연(再演)이 요구된다."고.

아무리 생각해도 참 어려운 일입니다. 그런데 왜 어떤 사람에게는 그것이 충분히 기꺼운 일일까요? 욕망이 채워지는 희열 때문만은 아닐 겁니다. 저는 그 이유를 결핍에서 찾고 싶습니다. 스스로 결핍이 많은 걸 인정하는 것, 상대의 결핍은 흠이 아닌 채워주고 싶은 여백이라는 걸 인정할 줄 아는 이들이야말로 끊임없이 사랑에 충실하고 사랑을 고취할 수 있는 것이 아닐까 생각합니다.

나와 상대의 '차이'로 절름발이가 된다고 해서 사랑의 길을 걷지 못할 이유가 없습니다. 운동회에서 한쪽 발을 서로 묶고 두 사람이 함께 뛰는 이인삼각 경기를 생각해보세요. 합을 맞춰가는 일은 즐거움이 될 수 있습니다. 오랜 지병인 관절염으로 잘 걷지 못하는 모드를 에버렛은 아예 수레에 태웠습니다. 한눈에 알아보실 거예요. 수레를 끄는 에버렛도, 수레 위에 앉은 모드도 행복이 가득한 얼굴이라는 걸.

> 사랑의 적은 경쟁자가 아니라 바로 이기주의입니다. (…) 내 사랑의 주된 적, 내가 쓰러뜨려야만 하는 것은 타인이 아니라 바로 나, 차이에 반대되는 동일성을 원하는, 차이의 프리즘 속에서 걸러지고 구축된 세계에 반대하여 자신의 세계를 강요하려 하는 '자아'입니다.

상대의 결핍만이 보이고 자신의 결핍을 보지 못하는 이기주의는 곧 사랑의 적이라고 바디우는 지적합니다. '둘'에 대한 수긍 없이 사랑은 성립될 수 없으니까요. 그래서 바디우가 그토록 지극하게 강조하는 것입니다. 사랑은 사유라고요. 시련이 출현할 때마다 다시 선언되어야 하는 사랑은 모든 진리 구축의 과정이 그러하듯 위기의 순간에 진실하게 사유되어야 하는 것이라고요. 하여 흔히 사랑을 정념의 소산이라고 여기는 우리의 통념이야말로 가장 먼저 수정되거나 제거되어야 할 것인지도 모릅니다. 오래도록 사랑을 지키고 싶다면 말이지요.

사랑에 대해 저는 많이 질문했습니다. 그동안 사랑이 너무 그리웠나 봅니다. 어쩌면 그냥 사람이 그리웠는지도 모르겠습니다. 앞서도 말했듯 삶이 곧 사랑이고 사랑이 곧 삶이라서, 보고 싶은 사람을 맘껏 볼 수 없던 시절에 온전한 삶을 되찾고 싶은 마음이 누구보다 간절했던 것 같습니다. 힘겨운 시기가 지나갔으니 이제 사랑, 다시 잘할 수 있을까요? 모드와 에버렛을 봤고 바디우의 얘기도 들었으니 그러면 좋겠습니다. 저를 포함해 모든 분이 사랑에 대한 부단한 사유 속에서 삶의 가치를 높이고 마침내 영원한 사랑을 이루시기를 진심으로 빕니다. 다시 사랑, 오직 사랑!

〈내 사랑〉 Maudie, My Love, 2016

감독 : 에이슬링 월쉬

출연 : 샐리 호킨스, 에단 호크

장르 : 드라마

등급 : 12세 관람가

러닝타임 : 115분

《사랑 예찬》 Eloge de l'amour, 2009

알랭 바디우 지음 / 조재룡 옮김 / 길 출판사

안녕을 위하여

초판 1쇄 발행 2022년 9월 10일

지은이 이승연

기획편집 도은주, 류정화
SNS 홍보·마케팅 박관홍

펴낸이 윤주용
펴낸곳 초록비책공방

출판등록 2013년 4월 25일 제2013-000130
주소 서울시 마포구 월드컵북로 402 KGIT 센터 921A호
전화 0505-566-5522 팩스 02-6008-1777

메일 greenrainbooks@naver.com
인스타 @greenrainbooks @greenrain_1318
블로그 http://blog.naver.com/greenrainbooks
페이스북 http://www.facebook.com/greenrainbook

ISBN 979-11-91266-56-6 (03810)

어려운 것은 쉽게 쉬운 것은 깊게 깊은 것은 유쾌하게

초록비책공방은 여러분의 소중한 의견을 기다리고 있습니다.
원고 투고, 오탈자 제보, 제휴 제안은 greenrainbooks@naver.com으로 보내주세요.